OS JOGADORES

VINÍCIUS PINHEIRO

OS JOGADORES

DINHEIRO, SEXO E BOSSA NOVA NO CORAÇÃO DO MERCADO FINANCEIRO

Planeta

Preparação: Fernanda Pantoja
Revisão: Laura Vecchioli, Olívia Tavares e Real Job (LabPub):
Monique D'Orazio, Daniela Toledo, Erika Pacheco, Gabriela Vescovi,
Francine Barreto
Diagramação: Anna Yue
Capa: Tereza Bettinardi
Imagem de capa: Kasto / Adobe Stock

DADOS INTERNACIONAIS DE CATALOGAÇÃO NA PUBLICAÇÃO (CIP)
ANGÉLICA ILACQUA CRB-8/7057

Pinheiro, Vinícius
Os jogadores : dinheiro, sexo e bossa nova no coração do mercado financeiro / Vinícius Pinheiro. – São Paulo : Planeta do Brasil, 2019.
240 p.

ISBN: 978-85-422-1459-8

1. Ficção brasileira I. Título

18-1841 CDD B869.3

2019
Todos os direitos desta edição reservados à
EDITORA PLANETA DO BRASIL LTDA.
Rua Bela Cintra, 986 – 4º andar
01415-002 – Consolação – São Paulo-SP
www.planetadelivros.com.br
faleconosco@editoraplaneta.com.br

Para Juliana, agora sim.

parte I
meios

1
bolinha de papel

São Paulo, dezembro de 2009
Saldo: R$ 1,00

A queda foi rápida. Com a confiança de um atleta olímpico, saltei da base da piscina de encontro ao monte de notas de dez, cinquenta e cem que quase cobria a superfície da água. Em meio à cortina escurecida pela tinta do dinheiro sujo, onde permaneci enquanto o fôlego resistiu, assisti ao balé das bolhas formadas ao meu redor, mescladas às cédulas que submergiam comigo e também dançavam. Pousadas no piso de azulejo, as moedas causavam cócegas quando roçavam nos pés, como pequenas conchas na areia.

Ao emergir, tomei uma das notas de cem nas mãos. Pela primeira vez notei a imagem da garoupa no verso e me impressionei com aquele peixe de fisionomia carrancuda. Ora, de que adiantava nadar em dinheiro se não podia encher uma piscina de moedas e notas e me atirar nela? Não teria a mesma graça fazer a brincadeira só com notas menores, gastando quase nada. O prazer vinha da certeza de que aquele era um privilégio exclusivo. As garoupas, onças e araras grudavam na minha pele à medida que eu nadava, como se reconhecessem em mim um tipo de figura paterna.

À beira do deque da piscina da cobertura, perto de onde saltei, outra pilha de papéis me esperava. Eram os últimos de uma lista interminável para assinar no processo de saída do banco. A notícia já estava no *Jornal Econômico*, e, pela quantidade de chamadas não atendidas em meu telefone, a repercussão foi grande, pelo menos na bolha em que vivíamos. A repórter que publicou a notícia me ligara na tarde anterior para confirmar a informação obtida por meio de fontes tão pouco confiáveis quanto eu.

— Acabei de saber que você está fora de vez — ela disse, com a intimidade de uma velha conhecida dos tempos de bonança. Eu não só reconhecia a voz como podia imaginar o vaivém dos lábios grossos enquanto ela falava do outro lado da linha, com a excitação mal disfarçada de quem descobre uma boa história.

— Não posso dizer nada. Assinei um termo de confidencialidade, me desculpe — falei.

— Ora, vamos! Você não tem mais nada a perder.

Ela podia passar horas tentando me convencer a falar. Se eu desligasse a chamada, ela voltaria a ligar e, se desligasse o aparelho, ela daria um jeito de me encontrar.

— A essa hora você já deve saber de tudo — eu disse.

— E você vai me deixar contar a história só do outro lado? — ela questionou, valendo-se do argumento da isenção jornalística, um dos meus favoritos. Respirei fundo e tentei conter a ansiedade antes de responder.

— O que você quer ouvir? Faltam alguns detalhes burocráticos, que podem levar um tempo um pouco maior — disse, ao mirar a pilha de papéis que depois decidi atirar na piscina, junto com o dinheiro e a notificação de despejo da cobertura. — Bernardo deve estar feliz com o resultado.

— Você quase conseguiu vencê-lo.

Para ela, a questão se resumia a um combate com dois oponentes, cada qual disposto a tudo para derrotar o outro. Explicar as nuanças do que estava em jogo daria tanto trabalho que preferi manter a conversa em duas dimensões.

— No fundo, sempre achei que estivesse do lado dele — respondi.

Ela não insistiu. Como toda boa jornalista, tinha o hábito de não contrariar o interlocutor, com o objetivo de ganhar a confiança e deixá-lo se enforcar com a própria corda.

— Tenho que te fazer mais uma pergunta — ela disse, deixando transparecer certo constrangimento. — Afinal, quanto você deixou na mesa pra te liberarem?

Parei para pensar na resposta. Não que eu não soubesse ou tivesse algum receio de expor todos os detalhes da transação. Sempre com o compromisso de não ter meu nome revelado, antecipei a ela vários negócios antes do anúncio oficial. Nunca por bondade ou em nome do jornalismo de qualidade. Na maioria das vezes, tive interesses envolvidos, e nem sempre econômicos. Mais importante do que o valor perdido, era o que meu gesto de desprendimento representava.

— Minha liberdade não tem preço, Bianca. E não foi um negócio tão ruim assim, depois de tudo o que aconteceu.

— Pelo que me falaram, você acaba de entregar quase de graça as suas últimas ações do banco.

De graça, não. Houve um pagamento simbólico de um real. Ao me recordar da conversa, busquei uma moeda de mesmo valor no fundo da piscina. Era difícil manter os olhos abertos, a sujeira das notas misturada ao ozônio da água causava irritação. Foi pelo tato que a reconheci, de tamanho maior e com símbolos em relevo.

— O meu coração pediu assim, só — eu disse, acompanhando a canção que tocava na vitrola, um dos poucos apetrechos que restaram no apartamento. — Suas fontes são boas. Mas aquilo não é dinheiro de verdade, não importa quantos zeros antes da vírgula você acumule — respondi a ela.

— Nunca foi só pelo dinheiro, eu sei. Por isso mesmo me parece loucura entregar suas ações.

— Foi um bom negócio — limitei-me a dizer.

Aprendi com meus colegas e sócios que jamais se deve deixar transparecer uma situação negativa. Nem mesmo quando recolhi os últimos pertences em uma caixa de papelão, deixada nas mãos do segurança do lado de fora do escritório, demonstrei algum tipo de amargura. Evitei trocar olhares com os rapazes, que na certa me olhavam de forma igualmente dissimulada enquanto fingiam trabalhar. Como em um bom ninho de abutres, deviam estar prontos para se esbaldar com um banquete à custa de minha carcaça. O banco reunia o ecossistema ideal para que o capitalismo em sua forma mais visceral se reproduzisse e prosperasse.

— Já pensou no que vai fazer agora? — questionou.

— Pensei que aquela fosse a sua última pergunta.

— A entrevista acabou — ela disse.

— Não sei, ainda não parei pra pensar. Mas nada muito diferente de outros na mesma situação. Ir à Justiça, talvez escrever um livro.

— Um livro de memórias?

— Só se fossem memórias póstumas, ditadas por algum espírito.

— Podia ser um livro de autoajuda. Para zumbis — ela sugeriu.

O toque insistente do telefone interrompeu o fluxo do diálogo que me voltava com todas as recordações da jornalista. Irritado, atirei-o na piscina e dei um novo mergulho. Não demorou até o aparelho entrar em curto-circuito e silenciar. Eu, ao contrário, poderia passar vários minutos sem respirar debaixo d'água, poderia até mesmo me esquecer de respirar sem perceber, no conforto das notas sujas. Bianca tinha razão: a verdade era que eu já estava morto havia muito tempo. Mas não estava sozinho.

2
desafinado

São Paulo, julho de 2002
Saldo: R$ 0

Cheguei com quase vinte minutos de atraso à sede do Banco Internacional Global, mais conhecido no mercado financeiro pela sigla BIG. O que revelava muito sobre as aspirações de quem ali trabalhava. De volta de uma temporada de intercâmbio na Europa e acostumado à vagabundagem, o ritmo daquele que seria o meu primeiro emprego fixo parecia incompatível com a forma com que eu lidava com horários e responsabilidades. Sequer podia culpar o trânsito pela demora, naquela manhã de início de férias a Faria Lima fluía como jamais a encontrei nos anos seguintes.

Foi com um pouco de displicência que me dirigi à primeira aula do programa de trainees. Não que não precisasse do emprego. Com vinte e quatro anos de idade, entrava no último semestre do curso de engenharia civil como um aluno pouco brilhante, mais preocupado em usufruir as benesses de cursar uma faculdade pública do que em estudar técnicas de planejamento de empreendimentos ou a resistência dos materiais e a estática das construções. Um edifício que contasse com a minha supervisão dificilmente se sustentaria por muito tempo.

O curso me interessava pouco, a escolha se deu mais pela facilidade que eu tinha com cálculos em geral do que por uma afinidade com a área. Como engenheiro, imaginava que poderia desbravar o país em grandes obras de infraestrutura. Sempre gostei de viajar, e a descrição feita pela orientadora vocacional na época dizia que a profissão requeria disponibilidade para trabalhos fora do escritório.

Mesmo sem gostar do curso, jamais cheguei a ter dúvidas da escolha. O que desejava era partir logo para a prática, e depois de alguns anos ter orgulho de, quem sabe, atravessar um viaduto que tivesse construído. As oportunidades de pôr a teoria que não aprendi em prática, no entanto, eram poucas na época. Não era raro nos aventurarmos em outras áreas atrás de um emprego estável e bem-remunerado. Éramos com frequência assediados por empresas dos mais variados setores, à procura de cabeças privilegiadas. O anúncio do programa de trainees para o BIG foi apenas um dos que surgiram no mural da faculdade. Eu poderia tanto ter parado no banco como em um fabricante de sabonetes que procurasse jovens em busca de um trabalho mal remunerado, mas com a promessa de um futuro menos ordinário.

Continuar na vida de intercâmbios no exterior e festas no campus seria uma opção melhor se não tivesse recebido um ultimato dos meus pais. Eles estavam orgulhosos do filho que fizera cursos de extensão em mecânica dos fluidos em Valência e passara dois semestres flanando em universidades norte-americanas. Agora, diziam, estava na hora de encarar o mundo real, o que significava basicamente que eu precisava arrumar meios próprios de pagar as contas.

Meu estilo de vida estava longe de ser o de um monge, mas tampouco precisava de muito luxo. Nos tempos em que vivi fora, precisei me submeter a vários subempregos para complementar a mesada dos meus pais. Foi quando aprendi, mesmo sem querer, um dos primeiros conceitos econômicos: o de que a desvalorização da moeda de um país interferia diretamente no poder de compra de sua população, na comparação com a população de outros países. Meus pais, que também gostavam de viajar e eram compradores assíduos de bugigangas em aeroportos internacionais, sentiram igualmente os efeitos de acumularem sua riqueza em uma moeda vacilante como a brasileira. Eram tempos de maior restrição, mas nada se comparado às décadas em hiperinflação, um período do qual eles se lembravam com um pavor semelhante ao de quem havia testemunhado os horrores de uma guerra.

Depois que voltei do exterior, minhas despesas deveriam ter diminuído, se não tivesse engatado um namoro logo na chegada. E se parecia razoável para meus pais sustentarem uma temporada de estudos fora, não se podia dizer o mesmo das contas relacionadas a compromissos romântico-sexuais inevitáveis em um começo de relação. Valéria era dois anos mais nova que eu e cursava o último ano da faculdade de letras. Era de uma beleza ordinária, sem atributos especiais. Do tipo que se destaca em um metrô lotado, mas que quase passa despercebida em meio à fauna da universidade, dependendo do lado da cidade universitária em que você se encontrasse. Como eram poucas as meninas nas fronteiras da Poli, era preciso procurar em outros territórios, e a "Fefeleche", como era conhecida a faculdade de filosofia, letras e por aí vai, era um dos ambientes mais férteis para nossas investidas. Nossos modos um tanto grosseiros afastavam as mais melindrosas, que acabavam procurando um espécime masculino mais sensível nas cercanias da FAU. O problema era que os futuros arquitetos de lá não queriam saber delas. Estavam ocupados demais correndo atrás dos engenheiros da Poli.

— Nunca ouvi falar nesse banco — disse Valéria, quando lhe falei do programa de trainees.

— Não é um banco com agências, como esses que estamos acostumados a ver. É um banco de investimentos.

— E qual é a diferença?

— Ainda não entendi bem. Na teoria, um banco normal pega o nosso dinheiro e empresta para alguém que precisa, e se compromete a devolver com juros mesmo se levar um calote do outro lado. Um banco de investimentos aparentemente faz a mesma coisa, mas sem dar nenhuma garantia.

— E por que alguém colocaria dinheiro em um banco de investimentos?

Para uma estudante idealista da área de humanas como Valéria, a ideia de que um risco maior implicava em uma perspectiva maior de ganho talvez não fosse tão óbvia. Do meu lado, apesar de o conceito ser claro, não me parecia razoável arriscar um patrimônio ganho com suor e trabalho em jogadas financeiras. Sem essa aptidão para a cobiça, imaginava que jamais poderia trabalhar em um banco, ainda mais um banco de investimentos. O anúncio do BIG só me chamou a atenção pelos requisitos exigidos, bem diferentes dos que imaginava serem necessários: fluência em vários idiomas e disponibilidade para viagens. Haveria uma seleção prévia de currículos e um teste de conhecimentos gerais, antes de uma série de dinâmicas de grupo e entrevistas com a área de recursos humanos até chegar à seleção com um alto executivo do banco.

— O curso de trainees começa na segunda-feira. Bem-vindo à Cassinolândia — me disse o fodão, ao fim da conversa, que ocorreu quase dois meses depois do dia em que me inscrevi para uma das vagas. Fui aprender depois que "Cassinolândia" era como os operadores chamavam o nosso mercado financeiro, por motivos que também não custei a entender.

Durante as incontáveis fases do processo seletivo encontrei vários colegas de faculdade nos corredores do banco. Os conhecimentos sobre economia e mercado financeiro, que julguei serem fundamentais para obter a vaga, mostraram-se desnecessários, tanto que passei sustentado apenas pelo currículo variado. Minha vivência no exterior, resumida a vadiagem e eventuais créditos acadêmicos secundários, por alguma razão despontou aos olhos dos recrutadores. Ao mesmo tempo, constatei que rostos conhecidos de outros cursos acabaram excluídos da turma selecionada.

O pessoal do BIG cobiçava engenheiros tanto ou mais do que os alunos de letras e arquitetura. Mais da metade da sala do pequeno auditório no qual ingressei no meio da aula era composta por engenheiros, a maioria do ITA e de universidades federais. Havia ainda uma dupla de estudantes de direito, que já tinha destino certo na área jurídica do banco, e apenas dois economistas, logo isolados do resto do grupo, além de um matemático de Recife que, por afinidade, juntou-se aos engenheiros. As únicas garotas da turma eram duas estudantes de administração e uma advogada, que também decidiram se sentar juntas, quase como se respondessem a um instinto de sobrevivência ancestral.

Além de mim havia outros dois colegas da Poli na sala. Um deles era um garoto enorme chamado Marcelo, com quem jamais troquei qualquer palavra durante todo o curso, e imagino que quase ninguém da minha turma o tenha feito. Acabou largando o banco menos de uma semana após o começo efetivo do estágio. Os gritos de pânico que proferia enquanto cruzava os corredores em velocidade até a escadaria de incêndio, por onde desceu em disparada, entraram para o anedotário da boa política de gestão de pessoas do BIG.

O outro colega de faculdade com quem passei a dividir também o ambiente de trabalho abriu um sorriso descrente ao me ver na porta e pedir licença para entrar. Ficou visivelmente incomodado e me cumprimentou com os olhos quando me sentei duas cadeiras ao lado, a única disponível. Quem custou a reconhecê-lo fui eu. Um dos tipos mais brilhantes e amalucados da classe, Hugo Petruzzi parecia outra persona trajado com uma indefectível camisa social azul-bebê, gravata, colete e sapatos italianos lustrados de forma meticulosa. Embora estivesse impecável, de uma forma que até o diferenciava do resto da turma, o estilo nada tinha a ver com a postura mais relaxada que exibia na universidade, sempre em busca de presas nas faculdades de humanas. No caso dele, garotos da filosofia ou da história, quanto mais desesperados, melhor. Nos últimos tempos ele estava saindo com um cara mais velho, que depois descobri ser professor de ambos os cursos.

Sobre todas as mesas pousava um laptop ligado, mas ninguém ousava baixar os olhos para a tela. Três fileiras à frente, um garoto baixinho, com o rosto adolescente coberto por uma barba rala, dava as primeiras noções sobre o funcionamento do mercado financeiro. Custei a acreditar que não se tratava de um trote em nosso primeiro dia de aula e que estávamos mesmo diante de um dos sócios que cuidavam da tesouraria do BIG. Pelo que constatamos nas fases anteriores do processo, a média de idade no banco era de menos de trinta anos. Se trocássemos os trajes sociais por camisas, shorts e chuteiras, poderíamos nos passar por um time de futebol. Da terceira ou quarta divisão, tendo em vista que quase todos ali se encontravam com alguns ou muitos quilos a mais.

O melhor do dia eu já havia perdido: a breve apresentação de Bernardo Figueira, o presidente e principal sócio do BIG. Era a oportunidade que todos esperávamos: conhecer o homem de quem tanto ouvíramos falar nas últimas semanas. Tudo o que encontrei sobre ele nas pesquisas na internet foram matérias de jornais em que foi citado. Era de Salvador, de uma família de classe média. Veio para São Paulo e fez toda a carreira no banco até tomar o controle, sempre cumprindo uma rotina semelhante. Passava no mínimo doze horas diárias no escritório, ou na mesa isolada, porém sem paredes, próxima aos operadores da tesouraria, ou em reuniões, isso quando não estava fora em viagens de negócios. Ao sair na sexta-feira, carregava consigo uma pilha de relatórios para consumir no fim de semana. Quase nunca se deixava fotografar e não concedia entrevistas. Idolatrado no mercado, estava longe de ser reconhecido como uma personalidade econômica, e mal se ouvia seu nome fora dos círculos de investidores. Se tivesse esbarrado com ele no elevador ou enquanto me encaminhava para a sala, não teria sequer notado.

Bernardo se apresentara da mesma forma como depois o conheci e passei a conviver nos anos seguintes: camisa social em tom claro, sem gravata ou terno, calça escura e sapatos com aparência seminova. Tinha os cabelos pretos, com os primeiros grisalhos sempre bem-aparados, e a barba feita, como se jamais crescessem. Não fosse a expressão cansada do rosto, aparentaria bem menos que os trinta e seis anos incompletos.

O banco era ainda mais jovem que todos nós. Criado como uma corretora de valores duas décadas antes por um grupo de executivos que perdeu o emprego em meio a uma das crises econômicas do país nos anos 1980, o BIG não só resistiu a todos os choques seguintes como aprendeu a se fortalecer e a lucrar com cada um deles, até ocupar dois andares do prédio recém-lançado na Faria Lima, além da antiga sede no Rio de Janeiro, onde ainda ficava uma parte do departamento comercial. Quando Bernardo ingressou como estagiário, os principais sócios já haviam reunido patrimônio suficiente para sustentar as próximas gerações. Foram eles que criaram, ou melhor, deram cores tropicais a uma fórmula usada em Wall Street, a nossa Terra Prometida: oferecer sociedade aos funcionários mais bem-aplicados. Só não esperavam – ou talvez não tão rápido – serem desbancados do próprio trono.

O discurso de Bernardo, como soube depois e tive a oportunidade de ouvir muitas vezes nos anos seguintes, foi uma repetição do que já havíamos ouvido em quase todas as fases da seleção, com ênfase no trabalho e na obsessão por resultados, além da perspectiva de rápida ascensão profissional, a chamada "meritocracia" – palavra que todos adoravam usar por ali. Mas com uma diferença. Ele aguçou os ouvidos dos trainees com algo que estava apenas subentendido antes: a perspectiva financeira. Se trabalhássemos duro e, acima de tudo, trouxéssemos resultados, ganharíamos muito dinheiro, ainda que aquela não devesse ser a nossa maior motivação. Ele tinha toda uma tese sobre o "legado" do BIG para o país e a economia, quanto mais bem-sucedidos fôssemos. A fala inspirada não escondia o que aconteceria dentro de alguns meses: as sucessivas baixas que reduziriam a turma de trainees de vinte para três antes dos primeiros doze meses de trabalho. Um processo de expurgo não muito diferente do experimentado pelos aspirantes no batalhão de operações especiais da polícia do Rio, o que reforçou o sentimento entre os sobreviventes de que integrávamos uma tropa de elite.

— Esse cara é louco — comentei com Hugo, quando ele me resumiu o discurso do grande líder. — Isso aqui está mais com cara de uma seita disfarçada.

— Eles não têm ideologias, Rodrigo. Aqui, o capitalismo é levado ao extremo, a ponto de quase se fundir com um socialismo utópico.

— Se nem os socialistas conseguiram ser socialistas, por que um bando de banqueiros seria? Ainda quero pagar para ver. Não com esse salário de trainee, é claro.

Pelo menos ninguém poderia acusá-los de não ir direto ao ponto. Quando entrei na sala, o executivo-professor explicava como o desempenho naquele curso de três semanas poderia influenciar o bônus que receberíamos a cada seis meses. Os melhores alunos teriam preferência para escolherem ou serem escolhidos pelos melhores departamentos, aqueles que ganhavam mais dinheiro e proporcionavam uma chance maior na escalada rumo ao Olimpo, que era se tornar um dos sócios do banco.

O BIG era, então, dividido em três grandes áreas. Na tesouraria, que mexia com dinheiro do próprio banco, eles alocaram os melhores da turma e também aqueles desprovidos de qualquer emoção, características que se encaixavam perfeitamente nos colegas do ITA. Havia também a área de gestão de patrimônio e fundos de investimento, que cuidava dos recursos de clientes, a maioria composta por milionários que não sabiam mais onde enfiar a grana e desejavam arriscar um pedaço da fortuna em busca de mais grana que também não teriam onde enfiar. Esse time de segunda divisão era o meu ideal dentro do banco. Era lá onde ficavam os gatos gordos, desde expatriados da tesouraria por questões de saúde até executivos mais velhos, inúteis no dia a dia, mas necessários para inspirar um mínimo de confiança do lado de fora dos ambientes climatizados do nosso prédio.

O atraso logo no primeiro dia de aula e o desleixo com o qual encarei todo o processo custaram-me uma posição melhor no banco. Havia uma competição em curso, não só entre nós, mas também entre os chefes de cada área. Em vez de nos ensinarem o funcionamento dos mercados e quais seriam nossas funções na equipe, passavam mais tempo tentando nos seduzir com belos gráficos e projeções do volume de recursos que passavam por suas mãos. Das três principais divisões do BIG, uma delas levava uma clara desvantagem nesse aspecto, e foi justo lá que fui obrigado a parar.

Em tese, a unidade de mercado de capitais deveria ser uma das principais de um banco de investimentos, pois reunia, sob um único guarda-chuva, a corretora de valores e as equipes de emissões de ações e títulos corporativos. Era assim que funcionava lá fora, mas no BIG e em todos os concorrentes nacionais essa era uma área apenas figurativa. Até os negócios de assessoria em fusões e aquisições estavam esgotados na época em que comecei a trabalhar no mercado financeiro. Se a solução era alugar o Brasil, estava difícil encontrar inquilinos.

O responsável pela área era Miguel Vendano, o segundo principal sócio do BIG, um tipo ainda mais retraído que Bernardo. Durante a apresentação, o funcionário indicado por ele para nos convencer das perspectivas promissoras do mercado de capitais nacional virou alvo de chacota da turma. Se no exterior a Bolsa de Valores era um dos motores da economia, o maior celeiro de investimentos nas empresas, aqui as ações podiam ser comparadas a fichas que são apostadas em uma roleta viciada a favor da banca. Ao fim da semana que passou conosco, estava quase implorando para que um de nós se dispusesse a trabalhar em seu grupo. Com a desistência de quatro de nossos bravos colegas antes mesmo do fim do curso, algumas equipes ficariam desfalcadas de escravos para serem chicoteados, e a ordem era não abrir o bolso para novas contratações.

Mesmo sob o risco de perder mais escravos, os professores não aliviavam a carga sobre nós. Resistir ao duro treinamento de doze horas diárias, mais a ida e a volta de ônibus, e absorver as informações que nos preparariam para a guerra na linha de frente do mercado financeiro não eram tarefas simples para filhinhos de papai como nós. Eu estava disposto a suportar o emprego no banco e conseguir pôr de pé o meu plano: ganhar até ter o suficiente para embarcar em uma viagem bem longa sem depender de subsídio paterno. O que estava fora da minha estratégia era ser alocado em uma área morta como a de mercado de capitais. Na prática, havia sido condenado a um trabalho sem brilho e a uma remuneração magra.

A cultura do BIG não tolerava reclamações. Quem se sentisse injustiçado e desejasse uma posição melhor precisaria provar que era capaz. Como eu sabia não ser capaz, preferi me conformar e pensar que poderia ser pior. Na cadeia alimentar, ainda conseguira ficar acima da área de *back office*, responsável por organizar e fiscalizar as posições dos que se arriscavam ganhando e perdendo dinheiro no mercado, e do departamento de economia, tido por todos como a escória do banco. Apesar de passarem toda a vida estudando o funcionamento dos mercados, economistas jamais atuavam nas nossas mesas de operação. "Seria como contratar um narrador esportivo como técnico da Seleção Brasileira", comparou o chefe da tesouraria, em uma das aulas. Aprendemos que os economistas precisavam ser domesticados, e, para que não sujassem a sala, tinham a própria casinha no quintal da casa, que se chamava "Departamento de Pesquisa Econômica". Nem preciso dizer que foi para lá que nossos colegas da FGV foram mandados. Eram eles que produziam os relatórios para os clientes com as projeções do banco sobre o desempenho dos mercados e rosnavam em nosso nome nas raríssimas entrevistas que concedíamos. Da porta para dentro, porém, eles se fingiam de mortos e ninguém jamais seguia nenhuma palavra do que diziam.

Eu bem que tentava explicar essas contradições para Valéria, mas sabia que para quem estava de fora, inclusive os economistas, nada daquilo fazia o menor sentido.

— Esse trabalho não serve pra você. Com o seu talento você pode conseguir outro estágio — aconselhou.

— Não consigo nem pensar em começar um processo desses de novo.

— Desde que começou nesse banco você anda tão tenso — ela disse, ao tocar meus ombros e começar a massageá-los.

— E eu ainda nem comecei. Mas pense que daqui a uns dois anos estaremos longe daqui, com os ombros pesados, não de tensão, mas das nossas mochilas.

Acabei me envolvendo com Valéria um pouco mais do que teria me envolvido em outro contexto. Em época de fim de curso, o caminho natural seria evitar qualquer compromisso e aproveitar o máximo possível, a começar pelo máximo possível de mulheres. Era mais um sacrifício que me dispus a enfrentar. Em uma das primeiras aulas do curso de trainees, aprendi que, ao investir, as pessoas abrem mão de um conforto no presente em troca de um projeto maior no futuro. Acho que meu relacionamento com Valéria atendia a essa mesma lógica, de ambos os lados.

3
bim bom

Araraquara, janeiro de 2003

Saldo: R$ 10.000,00

A viagem com Valéria aconteceu antes do esperado, mas ainda não era a viagem planejada. Em vez da mochila pela Europa, tivemos de nos contentar com uma rápida escapada para a casa dos meus pais no Ano-Novo. Havia um clima de esperança no ar desde a eleição do novo presidente, que colocava a esquerda pela primeira vez no poder. Menos em casa, onde o conservadorismo dava as cartas. A transformação do filho desleixado em profissional dedicado e promissor, com namorada a tiracolo, foi quase miraculosa para os velhos. Eles me perguntaram pouco sobre o banco, e talvez nem precisasse dizer muito. Bastava olhar para as pilhas de documentos para estudar e relatórios para redigir que trouxe na bagagem e que me tomaram boa parte dos dias de folga entre as festas de fim de ano.

Valéria estava um pouco mais acostumada à rotina. Nos últimos meses, não nos encontrávamos mais na faculdade, até porque eu não aparecia mais por lá, e mesmo no fim de semana o trabalho me absorvia, em viagens ou análises que precisava concluir. Ela sabia que era só uma fase. Em um ou dois anos, no máximo, teria dinheiro suficiente para jogar tudo para o alto.

Quando fui mandado para a equipe de mercado de capitais, ainda no ano anterior, sabia que jamais dariam a um novato como eu alguma ocupação decente. Em uma área na qual a função mais nobre já era considerada ruim, era evidente que nada muito agradável me aguardava. Fui alocado no grupo de pesquisa da corretora, na posição de analista júnior. Minha função era estudar as empresas listadas na Bolsa e escrever relatórios nos quais deveria indicar aos clientes a compra de ações, se considerasse que o preço negociado era baixo, ou a venda, em caso contrário.

A ocupação era menosprezada por todos no banco porque, na prática, não tinha nenhuma finalidade. Salvo em raros períodos, as ações das empresas na Bolsa só tiveram uma direção nos últimos anos: ladeira abaixo. Todos os analistas que ousaram recomendar a compra de ações não estavam mais no mercado para contar essa triste história, ou faziam de tudo para escondê-la. Os analistas que acertaram tampouco tinham o que comemorar e, cedo ou tarde, também acabavam fora. Mal comparando, eram como vendedores de carros usados que só apontavam os defeitos do veículo, espantando os potenciais clientes. Em algum momento, mesmo sem acreditar, era preciso empurrar goela abaixo alguma recomendação de compra. Afinal, nosso salário vinha da corretagem que o banco embolsava da compra e venda de ações dos clientes.

Era essa a situação do mercado quando cheguei ao BIG. Além de mim, a equipe de análise era composta por mais uma pessoa, que seria o meu chefe. Na época, eram mais de seiscentas companhias abertas para avaliar, mas como apenas duas dúzias delas tinham alguma relevância, se tanto, estávamos em bom número. Afonso Pitz era talvez o profissional mais velho de todo o banco, um dinossauro que passou anos na gritaria do pregão da Bolsa, aquela típica horda sem sentido que nos acostumamos a ver na TV quando se falava em mercado financeiro. Era uma espécie em extinção, salva no cativeiro do nosso zoológico particular.

— Podia ser pai de metade desses guris — orgulhava-se, no auge de seus quarenta e seis anos, com o típico sotaque de um gaúcho que passara mais anos de vida na Mooca do que às margens do Guaíba. Tudo nele destoava do resto do banco, incluindo o bigode grosseiro que parecia assumir vida própria quando falava. Conhecia muitas histórias da Bolsa, as várias crises e escândalos, e tinha uma visão cética sobre a filosofia do BIG, onde trabalhava havia quase dez anos. Ele testemunhou dezenas de garotos tornarem-se sócios enquanto amargava a mesma função, restando-lhe as migalhas dos bônus.

— O diabo faz a panela, mas não faz a tampa. Até a ganância tem limites, Rodrigo. Por isso prefiro fazer o meu trabalho quieto.

— Acha que o banco corre algum risco?

— Não há dia em que isso não aconteça aqui dentro. Mas duvido que nossos amigos vão perder dinheiro, se é que tu está preocupado. Só quero saber quem vai pagar essa conta.

— Você não gosta mesmo dos nossos chefes, não é?

— Não te deixa enganar, guri. O Bernardo é um cara muito sedutor, inteligente pra caralho. Mas ele não tem limites. Não tem amigos, família, religião, nada. Não tem nem ele mesmo. É um camicase. Se for preciso, explode o banco com a gente junto.

Foi Pitz quem me explicou o básico do trabalho de analista. Não havia quase nenhum segredo. Em síntese, precisávamos saber se o preço das ações de uma empresa refletia ou não os resultados que ela gerava, ou poderia gerar no futuro. Era um exercício complexo e envolvia um sem-número de variáveis, como a perspectiva de desempenho da economia e do setor em que a empresa atuava. Mas quem fazia esses cálculos era uma planilha de computador, muitas vezes com base em informações que obtínhamos com os executivos das próprias companhias, já que entendíamos pouco ou quase nada dos negócios delas. Comprar esse discurso tinha lá seus perigos. Mesmo sendo um novato, eu sabia que não se tratava de uma prática legal. As empresas não podiam dizer a qualquer um, de forma privada, o que pensavam sobre o seu futuro. Não seria muito difícil sermos manipulados para produzir relatórios mais positivos a partir de expectativas falsas.

Pelo menos esse segundo risco não corríamos naquele tempo. A palavra de ordem para um investidor que pedisse a nossa opinião era se livrar de qualquer coisa que tivesse relação com o Brasil, com exceção dos jogadores de futebol. Para todos os efeitos, mal daria tempo para comemorar a conquista do pentacampeonato. O país acabaria no fim de outubro, data do segundo turno das eleições presidenciais.

A pouco mais de dois meses da vitória de Lula nas urnas, o BIG tentava lucrar com o apocalipse iminente. Isso poderia ser feito basicamente de três formas: vendendo ações de empresas e títulos do governo brasileiro e comprando dólares. Desde o início do ano, a Bolsa havia perdido quase metade do valor, enquanto a moeda norte-americana disparava algo em torno de trinta por cento. Contudo, o movimento não era linear, e, no dia em que surgia uma pesquisa desfavorável ao futuro presidente, a Bolsa subia muito e o dólar caía. No meio da gangorra financeira, quem trabalhava na tesouraria do banco estava exposto a tamanha pressão que realmente seria um milagre se sobrevivesse às eleições. Não era raro encontrar Bernardo Figueira em pessoa pilotando a mesa de operações. Pela primeira vez agradeci por não ter começado ali a minha carreira no banco. Eu me via no lugar do meu amigo Hugo, que chegava por volta das quatro da manhã, lia os jornais e acompanhava o andamento das bolsas asiáticas e a abertura na Europa, permanecia o dia ao telefone, às vezes em duas ou três linhas ao mesmo tempo, e nunca saía antes das nove da noite. Quase ninguém, aliás, deixava o trabalho até o fim do noticiário da noite na TV, de onde poderia sair algum novo escândalo capaz de mudar os rumos da eleição e, por consequência, da vida de todos nós.

O meu trabalho em meio a toda a confusão era munir nossa artilharia. Escrever relatórios com base nos acontecimentos políticos, relacioná-los ao cotidiano das empresas e, ao fim, reforçar a indicação de venda das ações. Uma vitória de Lula, por exemplo, seria muito negativa para as estatais; portanto, a hora era de se desfazer delas antes que fosse tarde, eu escrevia. Não era sem um pouco de orgulho que acompanhava as ações que tinham sido alvo de meus relatórios despencarem no pregão. Não que meu nome importasse, estavam todos de olho na chancela do BIG por trás. Os textos eram sempre em inglês, mesmo que a maioria de nossos clientes fosse brasileira ou gringos com noções razoáveis de português. Os estrangeiros que ousavam investir aqui eram vistos como excêntricos e com muito apetite de apostar no escuro.

— Nós somos o país da especulação. Aqui o mercado não se guia por convicções, querido — disse Hugo.

— Você não acha que toda essa reação ao Lula é meio exagerada? — questionei.

— Talvez o Lula seja só o cara que vai apertar a descarga, mas a verdade é que a bosta está toda lá — filosofou.

— Para com isso, Hugo! Estamos comendo — disse Luiz Cláudio, o tal professor com quem ele namorava. — Ele multiplicou o repertório de escatologias desde que começou a trabalhar no banco.

— O palavrão é o idioma oficial do mercado financeiro — justificou.

Foi Valéria quem teve a ideia de um jantar de casais. Luiz Cláudio dava aulas para ela na faculdade e, ao descobrirem que os respectivos parceiros trabalhavam juntos, acabaram se aproximando, como que para compensar a nossa ausência no dia a dia. Por insistência de Hugo, fomos parar à meia-noite em uma pizzaria em Perdizes, distante tanto de quem vinha da faculdade como do banco. Depois Valéria me contou que o relacionamento dos dois passava por uma crise.

— O Luiz está bem chateado com o Hugo. Ele anda muito estranho, não acha?

— Até que ele me pareceu bem relaxado hoje. Você não viu como ele se comporta lá no banco. Até o tom de voz dele muda...

Valéria me olhou como se a partir da minha fala tivesse encontrado a peça que faltava para confirmar uma tese da qual até então ainda não tinha elementos suficientes para validar.

— Então é verdade. Ele quer mesmo voltar para o armário?

— Pode ser — eu disse, sem demonstrar muita surpresa. — Não é tão simples se assumir em um ambiente como o do banco. O Hugo da faculdade seria trucidado no meio daquele monte de homens estressados e falando bobagem o dia inteiro.

— Um banco de machistas preconceituosos…

— Não, você não entende. Ninguém tem nada contra gays, e até onde sei é até provável que haja outros por lá. Talvez seja o tipo de trabalho e o nível de tensão que exijam muita testosterona, vai saber.

Com raras exceções, ninguém sabia nada além do necessário a respeito de alguém no banco. Eu desconfiava que alguns deles moravam no escritório, onde havia o mínimo de que precisavam: uma cozinha sempre abastecida de comida *trash*, banheiros com chuveiro e dormitórios para descanso rápido. O horário era "flexível", o que nos permitiria, em tese, compensar um dia de trabalho mais intenso. Mas havia uma patrulha impetuosa dos próprios colegas. Qualquer um que chegasse depois das nove ou fosse embora antes das oito da noite era logo humilhado. Não que alguém ousasse deixar a cadeira vaga. A qualquer momento poderia sair uma notícia que proporcionasse uma oportunidade de compra ou venda no mercado. Até mesmo Pitz, que já não vislumbrava mais um futuro muito longo no banco, relutava em revelar seus macetes para mim. Ainda assim, era possível se divertir muito naquele lugar.

O clima bélico ganhava contornos mais dramáticos conforme nos aproximávamos das eleições. Eu provavelmente jamais votaria em Lula, mas no íntimo desejava que tudo acabasse logo. Para os demais, o adiamento da decisão para o segundo turno representava uma chance, ainda que vaga, de uma mudança abrupta que tirasse o sindicalista barbudo do caminho do Planalto. Todo o mercado estava mais que preparado para o cenário catastrófico que, imaginava-se, se seguiria à chegada do PT ao poder.

— E qual seria essa catástrofe? — perguntei a um operador mais experiente da tesouraria, na inocência que minha condição de trainee ainda permitia.

— Para começar, o Lula vai dar um calote na dívida do governo — disse ele.

— Talvez ele nem tenha escolha, o país está enforcado — argumentei. Em plena campanha, o país fora obrigado a fazer um empréstimo ao Fundo Monetário Internacional, sem o qual as contas não fechariam. — Não é contraditório apoiar o candidato do governo que levou a economia para esse buraco?

— Você não entende nada. A dívida é só a ponta do novelo, e o Lula vai desmanchar todo o carretel — ele respondeu, sem paciência para continuar a pequena aula de política econômica.

Compreendi depois que o verdadeiro temor era de que o novo governo nos levasse em uma jornada sem volta rumo ao socialismo desvairado de estudantes maconheiros de diretório acadêmico. Se nós, que já conhecíamos o PT e suas loucuras, pensávamos dessa forma, o que dizer de um investidor de fora que nos via como índios pelados em meio a árvores, mosquitos e favelas?

É preciso dizer que havia também uma desinformação grande dos petistas sobre nós, que trabalhávamos no mercado financeiro. Para eles, éramos sanguessugas que vivíamos da cobiça desenfreada, sem produzir nada de relevante para o país – o que de certa maneira não era uma visão errada. Mas o que eles não entendiam era que nós não éramos inimigos a serem combatidos. Ao contrário, ganharíamos muito mais se o país desse certo, e, por mais que pudéssemos apostar contra, nossa torcida era para que ocorresse o contrário. De fato, a estratégia de vender ações e comprar dólares estava no limite. Poucos esperavam que, do fundo do poço em que estava, a Bolsa pudesse cair ainda mais. Menos pessoas ainda acreditavam que estava na hora de subir. Esse cenário em que nenhuma aposta parecia boa o suficiente era o pior para nós.

Mesmo sem uma convocação oficial, sabíamos que nossa presença no banco era tão ou mais obrigatória que o voto no dia da eleição. Cheguei pouco antes das cinco e, como esperado, encontrei o escritório lotado. O resultado da apuração que sairia ainda na noite de domingo acabou em segundo plano quando Bernardo entrou no grande salão. Escoltado pelos principais executivos, convocou a todos para uma reunião ali mesmo. Todos deixamos as nossas cadeiras e nos aproximamos para ouvi-lo melhor. Na verdade, tratava-se de uma nova orientação, que acabaria por mudar a minha carreira dentro do BIG.

— Vamos reverter as nossas posições — ele disse.

Os primeiros risos foram quase abafados, até que uma gargalhada estridente do meu amigo Hugo, um arroubo autêntico e incontido, quebrasse o protocolo de vez. Em um primeiro momento, era mais fácil acreditar que ele fazia algum trocadilho sexual, e não que falasse de trabalho. Ao percebermos que o chefe não brincava – e ele não era de brincar daquela forma –, algumas vozes ousaram discordar, o que deu início a uma nova confusão. Bernardo aguardou com calma. Nem ousou continuar o discurso após a primeira frase, pois sabia que seria interrompido em algum momento. Foi apenas quando percebeu um princípio de ordem que voltou a falar:

— As eleições não acabaram hoje e muita coisa pode mudar. Mas nós seríamos estúpidos se não nos preparássemos para a vida com o PT, e é isso o que venho fazendo nos últimos meses. Esses caras têm se preparado há anos pra chegar ao poder, montaram uma equipe competente e já se mostraram dispostos a isolar a ideologia do mundo real. Apostar nisso sozinho dois meses atrás seria uma grande besteira, mas uma hora o mercado vai cair na real, por isso temos que largar na frente. Um grande pote de ouro nos espera no fim do arco-íris. Um arco-íris vermelho!

Nessa hora, os risos foram mais contidos. Nem todos se convenceram de que tomávamos o caminho certo. Sabíamos que os assessores mais próximos de Lula estavam em uma turnê discreta nos principais bancos para garantir que não fariam nenhuma loucura se vencessem as eleições. Mas se Lula descumprisse a promessa, o BIG quebraria no mesmo dia. Bernardo decidiu topar o risco, como já o fizera em crises anteriores e que se repetiam quase que anualmente, sempre com sucesso. Imaginei que aquela podia ser a grande explosão à qual se referia Pitz. Bernardo, um terrorista.

Esse tipo de ação não deveria ser comunicada dessa forma, em um ato quase público. As posições da tesouraria do banco não eram nem poderiam ser reveladas para nós, da corretora. Como analista, a minha posição deveria ser de independência, para que os interesses do banco não entrassem em conflito com os dos clientes. É o que, no mercado, chamamos de "muralha chinesa". No BIG e em quase todos os nossos concorrentes, a *chinese wall* seria mais bem-qualificada como "queijo suíço". Depois que os mercados abrissem, eu deveria divulgar um relatório exaltando Lula e recomendando a compra de tudo relacionado ao Brasil.

No minuto seguinte, estavam todos de volta às mesas, mergulhados em planilhas e terminais de cotações. Batizada de "PT Saudações", a estratégia consistia em testar o mercado devagar e desfazer as posições sem despertar a atenção da concorrência, para possibilitar uma correção de rota caso a situação degringolasse. Até a data do segundo turno, nossas apostas deveriam estar concentradas na queda do dólar e na recuperação da Bolsa. Bernardo viu uma possibilidade de ganho adicional e mandou a tesouraria se entupir de títulos públicos. Se era verdade que o novo governo manteria a política econômica do antecessor, poderíamos esperar mais um longo período de juros altos.

Passei a madrugada elaborando o texto que seria enviado aos clientes. Depois de quase três meses de troca de chumbo, o inimigo agora fazia parte da minha trincheira. Ciente de que era impossível manter um mínimo de coerência, não hesitei em forçar a barra. Em quinze páginas, cercadas por belos gráficos por todos os lados, destilei um rosário de argumentos favoráveis ao processo democrático em curso no país, assumi que uma possível vitória da oposição não só não significaria o fim da estabilidade econômica como podia até representar um avanço. Destaquei que os temores com a vitória de um candidato de esquerda eram restritos ao mercado financeiro. Nas ruas, as pessoas continuariam a trabalhar e produzir e levariam suas vidas independentemente de quem fosse eleito. Apropriei-me, por fim, da metáfora do arco-íris vermelho e refiz a planilha com nossas projeções para a Bolsa. Concluí que havia espaço para as ações dobrarem de valor no prazo de um ano. Em suma, não só recomendei como quase ordenei o investimento na Bolsa.

Com o título "Doze razões para acreditar em Lula (e uma para duvidar)", o relatório foi divulgado na manhã de segunda-feira. Para minha sorte, em meio às muitas notícias sobre as eleições, a análise passou quase despercebida. Quem tivesse seguido à risca o meu conselho e comprado ações naquele mesmo dia teria perdido muito dinheiro, e talvez minha carreira no mundinho financeiro tivesse acabado. No banco, a repercussão foi igualmente estranha. Pessoas apontavam para mim nos corredores e sorriam baixinho. Pitz foi logo chamado para dar explicações à diretoria – por ser o chefe, ele assinava como coautor de todos os relatórios. Cheguei a imaginar que seria mesmo demitido até ele voltar com ar incrédulo e me dar a notícia:

— Vá pra casa tomar um banho e descansar um pouco. Tu viaja pra Nova York esta noite — ele disse, enquanto coçava o bigode sobre os lábios.

— O que eu vou fazer lá?

— O banco vai marcar reuniões com alguns clientes e o chefe quer que tu mostre o relatório pra eles. Pega o laptop e prepara um PowerPoint no caminho com aqueles números da Bolsa pra impressionar os gringos — orientou.

No meu e-mail, uma mensagem dava uma dimensão mais clara da reação interna ao meu relatório:

De: Bernardo Figueira
Para: Rodrigo Antunes
Data: 7 de outubro de 2002 09:13

Assunto: Bim Bom
Parabéns pelo texto. Conversamos na volta.
BF.

Passado o choque após o elogio recebido do homem a quem aprendemos a venerar, detive-me no assunto da mensagem. O que ele queria dizer com "Bim Bom"? Algum tipo de gíria mais antiga? Bernardo não era tão mais velho assim. A principal referência na internet era uma canção de João Gilberto com o mesmo título. Não tive tempo de escutá-la em meio aos preparativos para a viagem não planejada e logo esqueci o assunto. Aquela seria a minha segunda viagem internacional como funcionário do BIG. A estreia fora um desastre. O banco decidiu me mandar para um seminário com a presença de investidores e empresários brasileiros em Nova York. Era uma oportunidade de trocar cartões e conhecer grandes gestores, que movimentavam bilhões em recursos e jamais atenderiam a uma ligação minha em circunstâncias normais. O evento, claro, foi um fiasco. Sem nenhum investidor de peso presente, a audiência foi composta basicamente por analistas trainees como eu e especuladores de quinta categoria.

O início de minha nova turnê não foi muito animador. No primeiro dia, dei com a cara na porta em dois clientes e fui recebido de pé na recepção do escritório de um megainvestidor. "Aquele garoto do banco brasileiro está aqui, ele disse que tem uma reunião com o senhor sobre o mercado de ações...", disse a secretária ao telefone, quase sem conter o riso, depois de eu insistir para avisá-lo do nosso encontro. Nos lugares em que fui atendido, meus argumentos eram recebidos com descrença, quando não com ironia. No máximo, creio ter deixado alguns deles tentados a arriscar se o cenário voltasse a se mostrar um pouco menos inseguro e Lula não se revelasse um louco. Passei mais três dias sapateando pelas imediações de Wall Street como um pregador sem fiéis. Estava prestes a desistir da via-crúcis e escrever outro relatório, com um pedido de demissão, quando recebi um telefonema do Brasil no quarto do hotel onde me hospedara. Não me custou muito imaginar de onde era.

— Já leu o *Financial Times* hoje? — disse uma voz que não reconheci, em um tom de celebração como quem ganha na loteria.

— Acabei de acordar, ainda nem tomei café. São seis da manhã aqui. Tenho voo marcado para hoje à noite.

— Não, você fica aí mais uma semana. Depois, toma um avião para Boston e na sequência vai até a Costa Leste. De lá, voa para Londres, claro. Em alguns lugares você talvez precise fazer uma conferência para dar conta dos pedidos. Já temos marcada uma grande reunião com investidores para quando você voltar.

Foi só depois de desligar o telefone e abrir meus e-mails que descobri o autor da ligação. Era Miguel Vendano, o sócio do banco que chefiava a área de mercado de capitais. Desde a recepção fria no primeiro dia de estágio no escritório, jamais trocamos mais que acenos ao cruzarmos um com o outro no banheiro ou no elevador. A razão do telefonema estava anexada à mensagem que me enviara minutos antes do telefonema: meu relatório era citado em uma reportagem do FT, com o título: *Banco elogia Lula e sugere compra de ações brasileiras*. "O BIG, conhecido no mercado pelas apostas ousadas, minimizou o risco político com a iminente vitória de um candidato de esquerda e exortou seus clientes a investirem na Bolsa", estampava o texto, que transcrevia trechos inteiros do meu relatório. Em contraposição, o jornalista reproduziu um documento de outro banco, que mantinha o cenário de pavor com o resultado da eleição, mas deixou claro no texto que havia comprado a minha visão da realidade.

Nos dias seguintes à reportagem, a Bolsa subiu quase 20% e eu me tornei uma celebridade no mundinho das finanças. Pipocaram pedidos de entrevista de vários veículos, inclusive de TV, mas tudo o que o banco fez foi enviar uma cópia do meu relatório aos jornalistas interessados. Somente os nossos clientes tiveram o privilégio de me ver dar detalhes sobre as oportunidades no mercado de ações no Brasil de Lula. O candidato contribuía e reiterava o discurso de austeridade em todas as oportunidades. Se tivéssemos ensaiado as falas não ficaria melhor. A tesouraria do BIG, que àquela altura já havia revertido toda a posição contrária ao risco Lula, ganhou uma fábula de dinheiro. Os petistas também não eram bobos, é claro. A melhora dos mercados a menos de duas semanas do segundo turno sepultava o argumento do medo, um dos poucos que restavam ao candidato oficial na tentativa de virar o jogo. Àquela altura, o resultado final pouco nos importava: se houvesse uma zebra e Lula perdesse a parada, a Bolsa poderia subir ainda mais.

A confirmação da vitória foi quase tão celebrada no nosso frio escritório na Faria Lima quanto na Paulista, o antigo centro financeiro da cidade, onde ironicamente foram se concentrar os partidários do novo presidente. Como um político, Bernardo saiu abraçando um a um, reservando a mim um cumprimento mais caloroso. Eu estava a tal ponto envolvido com a campanha na época que até deixara crescer uma barba, sem ligar para o fato de me tornar um alvo fácil de piadas dos colegas. Em meio a tanta confusão, nem percebi a ausência de Pitz, e só soube que fora demitido quando Vendano me promoveu ao cargo de analista-chefe de ações do BIG, dias depois do fim do circo das eleições, com o dobro do meu salário de trainee. Senti por ele, mas não seria capaz de conviver com aquele bigode por muito mais tempo. Soube tempos depois que continuava no mercado, como analista de uma corretora menor, onde na certa tinha mais dificuldade para obter as informações privilegiadas com as empresas.

No primeiro dia do novo ano, quando nos despedimos, meu pai assistia contrariado à cerimônia de posse. Como uma espécie de embaixador informal do novo governo, naquela mesma noite eu partiria para o exterior rumo a uma nova rodada de encontros com clientes, ávidos por saber das minhas recomendações de investimento no mercado de ações brasileiro. Por sorte, nem todos os investidores eram conservadores e desconfiados como meu pai, do contrário o país teria mesmo quebrado após as eleições.

— Quer uma dica, pai? Esqueça a política e invista na Bolsa. Pouco importa o que o senhor ou eu pensamos do PT. O importante é ganhar dinheiro — recomendei.

Sem tirar os olhos da TV que transmitia a cerimônia de posse, e com a voz cansada de quem desejava tirar o tradicional cochilo pós-almoço, ele me devolveu o conselho com uma ironia:

— Agora você é um especialista em política também?

— Por favor, pai. Os clientes do banco pagam uma fortuna para ouvir a nossa opinião. No mercado, a gente acompanha tudo muito de perto e com muita intensidade, sem ideologias.

— Eles não me enganam — falou, apontando para a TV, que exibia caciques petistas. — Nem você, Rodrigo.

— O senhor ainda acha que eles vão transformar o país em uma versão aumentada de Cuba? Faça-me o favor...

— Eles vão fazer o que for preciso pelo poder. Como você.

— O que quer dizer? Não se preocupe, eu não virei petista...

— Esse trabalho não está te fazendo bem — ele falou. Aguardei por algum complemento ao comentário, pelas razões por que ele achava que o banco não era um bom lugar para mim. O velho, no entanto, ficou calado, como se tivesse se arrependido do que acabara de dizer.

— Foi o senhor mesmo quem me mandou trabalhar, pai. Já falei, vai ser só por um tempo, até juntar uma grana pra viajar com a Valéria.

— Não é pelo dinheiro. Eu vejo seus olhos brilharem enquanto fala. Você não vai desistir enquanto não conseguir o que quer. Igualzinho ao Lula.

4
sem compromisso

São Paulo, maio de 2003

Saldo: R$ 100.000,00

Leva-se um tempo para se habituar à vida em universos paralelos. Nos arredores da Faria Lima, começava a se erguer um mundo de prosperidade e riqueza, no rastro do dinheiro que, ao entrar no país, passava pelo pedágio da Cassinolândia. Éramos nós que mostrávamos aos neófitos o caminho e as melhores oportunidades. E eles nos retribuíam generosamente pelo serviço prestado. Mas não era um trabalho fácil, o nosso. Depois de ficar para trás ao não perceber a transformação de Lula, a concorrência resolveu endurecer o jogo. Vários de nossos colegas foram contratados por outros bancos. Um dos trainees que começara o programa comigo saiu para receber um salário quase três vezes maior.

Como esperado, eu também recebi uma oferta tentadora para deixar o BIG. Era um grande banco, um mastodonte incapaz de acompanhar a nossa agilidade no mercado, em uma tentativa desesperada de manter o domínio do território. Tirar os talentos do rival mais fraco, porém mais esperto, era uma das formas de enfraquecê-lo. De minha parte, era a chance que precisava para encurtar o caminho e cumprir meu plano. Pelos meus cálculos, em dois a três anos e com alguma sorte poderia me tornar um milionário, muito mais do que imaginava quando entrei na vida de financista. A longa viagem com Valéria podia se tornar definitiva. Bastaria aplicar esse dinheiro depois no BIG e deixar que meus colegas o multiplicassem enquanto eu curtia a vida.

Se permaneci onde estava, foi porque conhecia minhas limitações. Não fosse a inspiração de Bernardo, jamais teria escrito um relatório na contramão do que todos diziam. Mesmo que chegasse a uma conclusão semelhante, não teria sequer coragem de expressar esse pensamento. Estava claro que precisaria estar perto dele, ou ao menos no mesmo time, se desejasse me tornar um profissional cobiçado de verdade no mercado. A recompensa financeira talvez viesse um pouco mais tarde, porém seria muito mais vantajosa.

Nem todos pensaram como eu, é claro. A proposta do concorrente surgiu logo depois da fase de pagamento de bônus, como costumava ocorrer. Poucos no mercado além de nós tinham motivos para comemorar. Apesar dos milagrosos três últimos meses do ano, minha expectativa não era das maiores quando fui chamado por Vendano para a conversa que aguardei desde o momento em que comecei no banco.

— Rodrigo, sua avaliação foi muito boa, mas você não teve sorte. Foi um ano atípico, como você acompanhou de perto, e isso infelizmente vai se refletir no bônus de todos aqui no banco.

— Eu entendo.

— Quero que você saiba que vamos te dar muitas oportunidades.

— Eu fui promovido em menos de um ano. Não podia esperar mais.

Vendano mudou de expressão. Era possível ver cada uma das rugas formando-se da altura da sobrancelha à fronteira imaginária entre a testa e a área onde os cabelos começavam a rarear, o que lhe dava muitos anos a mais que os trinta e nove declarados.

— Não, você sempre tem que esperar mais. Só trabalha aqui quem espera mais — ele disse, áspero. — É por isso que vou te pedir para abrir uma exceção e não desanimar com o bônus. Uma nova rodada sai no próximo semestre, e, se as perspectivas para o ano se confirmarem, pode ter certeza de que você será lembrado.

Podia ser uma brincadeira ou uma estratégia deliberada. A verdade é que, quando ele me passou o papel aberto com o valor do bônus escrito a lápis, não sabia se fingia participar do teatro, demonstrando uma suposta decepção, ou pulava na mesa e lhe dava um beijo emocionado de agradecimento bem na careca. Na dúvida, revelei uma satisfeita indiferença com o depósito na conta no valor de cinco salários mensais. Soube só depois que os outros, mimados por anos seguidos com bônus bem mais gordos, não se contentavam com nenhuma quantia menor que seis dígitos na conta. Tanto que aproveitaram a primeira oportunidade para abandonar o nosso barco atrás de portos mais generosos. A saída deles abriu espaço para que aqueles que ficassem ganhassem terreno. Meu amigo Hugo, por exemplo, virou o responsável pela estratégia de câmbio da tesouraria, uma das posições mais estressantes de todo o banco. Apesar da lealdade ao BIG, eu também não era bobo, ou pelo menos pensava que não. Quando recebi a proposta para trocar de banco e blefei ameaçando aceitá-la, recebi um novo aumento de salário. Vendano ficaria orgulhoso se soubesse das minhas reais intenções.

Do lado de fora da Cassinolândia, longe da anestesia proporcionada pelo ar-condicionado central e o dinheiro que não parava de jorrar, eu trafegava em outro universo. A cada dia tornava-se mais difícil compartilhar o olhar com aquelas pessoas feias, com cara de derrotadas, fosse nas calçadas, no assento ao lado do ônibus ou na faculdade. O mundo das pessoas que tomavam ônibus girava mais devagar, quase sem forças para prosseguir. Como se não tivessem mais nada a fazer, falavam sobre amenidades, reclamavam de qualquer coisa sem ter noção do que diziam ou dormiam em pé, sem temer o risco de perder a vez. Em sua ignorância, não tinham a menor ideia do trabalho duro dos homens engravatados dos prédios ao redor nem de quantas responsabilidades passavam por eles, nem sabiam o quanto deviam a esses "heróis anônimos", muito menos que um deles estava ali, no assento ao lado. Logo concluí que, quanto mais longe me mantivesse desse universo, menores seriam as chances de me contaminar.

Com o salário mensal reforçado pelo bônus, reuni um mínimo de condições para a ascensão social. A primeira providência foi comprar um carro, ou algo que se locomovesse de forma semelhante. Impossível me esquecer da primeira vez em que cruzei a Faria Lima a bordo de minha máquina quase voadora, e dos olhares de atenção que atraía como uma modelo na passarela.

— Que diabos é isso? — disse um colega, ao me ver parar com o veículo na cancela que dava para a garagem do escritório.

— Uma beleza, não é mesmo? Paguei uma pechincha e em cash.

— A cor desse carro é...

— Parece que o antigo proprietário percebeu tarde demais que o valor de revenda de uma BMW, ainda por cima amarela, não é dos mais altos no mercado — falei.

Contar vantagem era um de nossos esportes prediletos, e logo percebi que a compra do meu primeiro carro era a ocasião ideal para marcar alguns pontos. Não demorou até meu possante virar assunto e atrair inveja no banco, em especial entre os trainees que começaram comigo e ainda rodavam de carro popular. Eu podia arcar com o financiamento de um modelo zero quilômetro mediano, se as taxas cobradas pelos bancos não fossem tão extorsivas. Quem fizesse um mínimo de contas e tivesse um pouco de amor ao suado dinheiro jamais tomaria dinheiro emprestado. Mas tudo o que os pobres ao meu lado no ônibus desejavam, assim como eu, era sair daquela condição, nem que fosse preciso empenhar a alma ao banco.

Devidamente motorizado com minha BMW gema de ovo, também decidi deixar para trás a república estudantil, outro resquício do passado de orçamento restrito. Na época, dividia um apartamento perto da faculdade com Rafael, um colega de Poli que começara um estágio em uma construtora pouco antes de eu me candidatar ao programa de trainees do big. Empolgado com o emprego, que se limitava a rabiscar planilhas e fazer todo tipo de favores, desprezou a oportunidade de se tornar um super-herói do mercado financeiro. Rafael era, antes de tudo, um apaixonado pelo mercado da construção civil e com certeza iria longe na área. Quando deixei a república, nossas perspectivas não poderiam ser mais distintas. O máximo que ele podia comemorar era a contratação pela empresa ao final do período de estágio, com um salário que não chegava a um terço do meu e sem direito a bônus. E mesmo assim podia se considerar um felizardo. O mercado de construção estava devagar, quase parando, havia anos, mais ou menos como a Bolsa de Valores. Naquela época a Poli era uma conhecida exportadora de mão de obra para outras áreas que precisavam de jovens espertos e sem perspectivas.

— Posso tentar algo pra você no banco. Sempre há espaço pra gente boa lá — falei.

— Não, valeu. Nada contra a grana, mas minha vocação é outra.

— Esses engenheiros idealistas... — brinquei. — Deixe de preconceito. Quem você acha que financia os apartamentos que os engenheiros constroem? Pode ter certeza de que vou levantar muito mais prédios que você, no fim das contas. E ainda tenho chance de virar sócio, enquanto você vai trabalhar pra enriquecer os filhos vagabundos do dono da construtora.

— Eu também tenho as minhas ambições. Ainda vamos fazer algo juntos, pode ter certeza. Quem sabe o seu banco não me empresta algum para eu começar um negócio?

— Por que eu faria isso, se posso emprestar ao governo recebendo as maiores taxas de juros do planeta e sem risco?

Quase ninguém fora do banco entendia a minha piada, inspirada em fatos mais do que verdadeiros. A função básica de uma instituição financeira é pegar o dinheiro depositado por um cliente e emprestá-lo a outro. O lucro vem da diferença entre a taxa tomada do primeiro e cobrada do segundo pelo financiamento. Porém, essa brincadeira aparentemente simples tem um risco: o de que o empréstimo não seja pago. É assim que funciona no mundo todo, mas aqui os bancos não precisavam se arriscar emprestando dinheiro a jovens talentosos, porém inconstantes, como Rafael, se podiam ter um bom lucro aplicando o dinheiro dos seus clientes em títulos do governo. Nessa ciranda perversa, ao negar o crédito para o novo negócio do meu amigo, sei lá quantos empregos deixaram de ser criados.

Nesse momento, alguém mais desinformado poderia sair às ruas para exigir a redução imediata dos juros e denunciar o perverso esquema de lucros desenfreados dos bancos. E isso acontecia com certa frequência – por sorte, na avenida Paulista, bem longe dos nossos ouvidos. Eu não podia deixar de lhe dar razão, embora fosse obrigado a dizer que os culpados não éramos nós. Se os juros eram altos, o problema era de quem tomava o dinheiro emprestado – no caso, o governo. O Brasil podia ser comparado àquele ex-alcoólatra que começa a dar sinais de que se livrou do vício, mas corre o risco de uma recaída a qualquer momento. E se esse ex-alcoólatra recente vem ao meu banco pedir um empréstimo, tenho de cobrar uma taxa que considero adequada para cobrir a perda que terei se ele não me pagar. Em um país onde o risco de financiar o governo já é alto, chega a ser uma piada falar em emprestar dinheiro para um cidadão comum como Rafael.

Os juros altos também eram um problema muito sério para mim, um analista de ações. Passado o fundo do poço do período pré-eleitoral, e a rápida recuperação que se seguiu, ficava mais difícil saber o que aconteceria com a Bolsa. Não bastava apostar na alta, era preciso que essa alta fosse suficientemente alta para compensar os riscos de se apostar na alta. Em outras palavras: a Bolsa precisaria subir mais que a taxa de juros, do contrário era mais fácil e garantido continuar sócio do governo.

Depois da debandada de gente para a concorrência, o BIG resolveu mostrar força. Além de repor as vagas, ampliou o quadro de funcionários nas áreas consideradas mais promissoras. Para a minha surpresa, o departamento de pesquisa de ações da corretora foi uma delas. Da noite para o dia, três garotos vieram parar debaixo das minhas asas, ainda mais crus do que quando comecei no banco, pois não tiveram nem tempo de aderir ao programa de trainees. Meses depois, uma garota também veio fazer parte da minha equipe, para delírio da ala masculina. A fim de acomodar todos na estrutura anabolizada, o BIG alugou mais um andar no nosso prédio da Faria Lima, para onde toda a equipe da corretora e de mercado de capitais foi transferida. Bernardo demostrou insatisfação com a solução. O desejo dele era reunir todos de novo em um único grande espaço, mas, conforme o banco crescia ficava mais difícil encontrar um lugar para comportar tanta gente.

Os novatos estavam ávidos por aprender e conheciam por alto a fama que conquistei no curto período no mercado. Eu podia ver através dos olhos deles a ganância e o desejo secreto de um dia me passarem a perna, bem condizente com a nossa filosofia de trabalho. Se não os ensinei com detalhes as artimanhas da análise de empresas, não foi por um instinto de preservação, e sim porque àquela altura ainda não tinha uma noção clara do que fazia. Como eles não sabiam desse detalhe, obedeciam sem questionar as minhas ordens. Depois de dividir a cobertura por setor de atuação das empresas listadas na Bolsa, mandei instalar uma versão da planilha milagrosa nos computadores de cada um de meus aprendizes. Na função de analista-chefe, recolheria as melhores sugestões para redigir um relatório com nossas projeções para a Bolsa, e se possível ganharia todos os louros pelo trabalho. Na última versão, recomendei aos clientes que mantivessem suas posições, sem fazer compras novas ou vender ações para embolsar o lucro. Mas eu sabia que não podia ficar em cima do muro por muito tempo sem ser desmascarado. Quando um dos garotos, o que cobria as ações da Petrobras, me trouxe o resultado da análise da empresa, uma estatal que acabara de cair nas mãos de uma dúzia de ex-sindicalistas pelegos, quase caí para trás.

— Esses cálculos estão errados. Volte lá e use umas premissas mais pessimistas.

— Rodrigo, esse já é o cenário pessimista. Você quer ver o otimista?

— Você chegou a essa conclusão ao colocar esses dados na planilha?

Ele titubeou antes de responder, como se para não me deixar contrariado.

— Não, aquela planilha estava com as fórmulas todas erradas. Isso era parte de um teste ou coisa parecida?

Quando ele falou sobre a planilha, tal foi minha surpresa que engasguei com a própria saliva, reclinando para trás na cadeira. Nem precisei responder antes que ele prosseguisse:

— Fiz um novo modelo, trazendo as receitas da empresa ao valor presente e comparando os múltiplos.

O garoto fizera um bom trabalho. Além de correto do ponto de vista matemático, o estudo trazia comparações do preço das ações da Petrobras com o de outras empresas do mesmo setor em bolsas internacionais, além de avaliações da tendência das cotações do petróleo e de investimentos para o aumento da produção. Tudo isso, ponderado pela queda do dólar e pelo crescimento esperado da economia brasileira, formava o número mágico: as ações tinham espaço para dobrar de preço no curto prazo. E as análises das outras empresas, com a planilha devidamente corrigida, não destoavam muito, pelo contrário. Havia um potencial escondido nas ações depois de tantos anos depreciadas e deixadas de lado.

Passamos a madrugada enfurnados no banco, compilando números da maior quantidade possível de empresas para o relatório que deveria estar pronto na manhã seguinte. Assim, se alguém me taxasse de louco, teria pelo menos uma defesa bem-fundamentada. Sim, a palavra de ordem era essa: fundamentos. Foi assim que justifiquei o "valor oculto" das ações, que estava para ser "destravado". Mais do que qualquer cálculo, era esse tipo de expressão o que mais chamava a atenção de nossos clientes. Quando um analista possui alguma reputação, como eu à época, bastava uma única palavra: "compra".

Depois dos ganhos que tiveram no ano anterior graças às minhas recomendações, não demoraram a mandar as ordens de compra para as mesas da corretora naquele mesmo dia. E a Bolsa, obediente, aderiu à corrente do bem e subiu. Podia ser – e é claro que era – coincidência, mas, para a imprensa especializada, o relatório divulgado pelo big impulsionou a alta naquele pregão e nos seguintes. Era o tipo de propaganda gratuita e que trazia um retorno muito maior do que se pagássemos por um anúncio.

Embora menosprezasse a imprensa, Bernardo prezava muito pela imagem do banco, e principalmente pela de si próprio. O banco tinha uma assessoria externa contratada para impedir que os repórteres chegassem até nós e para fazer ameaças veladas caso publicassem algo que não nos agradasse. A leitura de publicações de economia tornou-se obrigatória para mim, em um ciclo que começava às cinco da manhã e terminava antes das sete, quando já havia passado a limpo os principais jornais financeiros locais e estrangeiros. À noite, ainda dava tempo de levar para a cama o laptop e me informar sobre a abertura dos mercados na Ásia. Passava meses sem ligar a televisão nem que fosse para assistir a um filme qualquer, um desperdício do pacote completo que pagava no cabo. As únicas notícias fora do ambiente econômico que chegavam até mim eram aquelas que podiam interferir de alguma maneira nas bolsas, como os conflitos no Oriente Médio e as disputas políticas em Brasília.

De repente, me dei conta de que já não habitava um dos universos paralelos. Ele continuava lá, mas não conseguia me alcançar. Uma sensação talvez oposta à das pessoas que cruzavam a Faria Lima de ônibus sem imaginar o que se passava por trás daqueles vidros escuros, cheios de homens que mais pareciam viver em outro planeta, com problemas demais para se importarem com a realidade do lado de fora.

A rotina só era quebrada durante as viagens a trabalho, no avião. Valéria criou o hábito de colocar livros na minha bagagem de mão e eu, por não ter nada melhor para fazer depois de determinada hora de insônia, comecei a lê-los. Além da fluência em várias línguas, foi uma conversa sobre livros que nos aproximou. Eu me lembro bem de como menti sobre ter lido *Crime e castigo* e como corri para lê-lo na manhã seguinte, com receio de o título ser premonitório. Talvez por ter recordação semelhante sobre o começo de namoro, ela começara a seleção de romances pelos escritores do século XIX. Ciente da minha tara por métodos, Valéria passou a incluir sequências variadas de romances, de vencedores de prêmios literários a autores de determinado país ou região, sempre em ordem cronológica ou alfabética.

De certa maneira, eu também encarava a leitura dos romances como trabalho. Nos relatórios que enviava para os clientes do banco, tentava diluir o conhecimento absorvido naqueles livros e relacioná-los ao desempenho das ações. Vez ou outra um investidor me ligava só para elogiar a referência feita em um texto, como quando apelidei de Charles Bovary o presidente do conselho de administração de uma empresa, sempre o último a saber das trapalhadas de seus diretores. Sem o hábito da leitura adquirido nas viagens, não teria reunido condições para escrever este livro, ou pelo menos não o escreveria com o mesmo estilo, talvez digno de prêmio.

A literatura era ainda uma forma de ligação com Valéria, além do sexo, que aliás nunca foi o grande catalisador da nossa relação. Aos poucos, ela passou a ocupar um espaço cada vez maior na minha vida, em especial nas áreas não ocupadas. Foi ela quem procurou e alugou em meu nome o pequeno apartamento no Itaim para onde me mudei. Os móveis também foram comprados por ela, com meu cartão de crédito. E nem preciso dizer quem sumiu com as poucas coisas trazidas por mim da república onde morava, que em nada combinavam com os móveis novos. Foi um roteiro natural e inevitável até o dia em que ela foi passar uma noite qualquer em casa e não saiu mais. Na verdade, um desavisado que chegasse ao apartamento, como a faxineira contratada por ela para a limpeza semanal, concluiria que o lugar era habitado por um casal havia muito tempo. Bastava olhar para o guarda-roupa, com a predominância de trajes femininos, a bagunça na pequena varanda do quarto formada pelos sapatos dela e até no tipo de iogurte feito para desentupir o intestino que dominava a geladeira. Se não percebi antes, foi porque o estranho ali era eu. Minha verdadeira casa era o escritório, era lá onde passava a maior parte do tempo e onde me reconhecia melhor, embora só me sentisse em casa de verdade nas poltronas apertadas dos aviões e nos quartos de hotel.

5
um abraço no Bonfá

Londres, fevereiro de 2004
Saldo: R$ 410.000,00

Havia motivos para comemorar. A Bolsa fechara o ano anterior com uma inacreditável alta de quase cem por cento. Os clientes que nos seguiram cegamente e compraram apenas as ações que recomendamos ganharam ainda mais. E quem, como eu, aplicou todo o dinheiro do bônus e mais uma parcela dos salários em fundos de investimento do BIG, administrado por profissionais especializados em encontrar as mais variadas oportunidades nos mercados, obteve uma rentabilidade de cento e quarenta e nove por cento no mesmo período. Era como ganhar na loteria com base não na sorte, mas no trabalho duro e na coragem para arriscar enquanto os demais partem para as saídas mais óbvias. Como dinheiro chama dinheiro, uma nova leva de investidores de todas as partes, encantados com os lucros obtidos pelos pioneiros, também decidiram fazer fortuna no Novo Mundo Financeiro.

Encontrei Valéria em Heathrow em uma manhã gelada e de um inesperado céu azul. Ela apareceu no desembarque de cara amarrada e mal retribuiu o beijo que lhe dei. Foi difícil explicar que precisaria passar o Carnaval fora, pois para nossos clientes a segunda-feira era dia de trabalho, e tínhamos de nos adaptar ao calendário deles. Assim como foi difícil justificar as ausências em quase todos os feriados e em vários fins de semana, sem contar nas muitas horas de trabalho que me faziam chegar em casa quase na hora de retornar no dia seguinte. Eu sabia que precisaria cometer uma extravagância para salvar a relação, e, depois de alguma negociação, consegui meia semana de folga na emenda do feriado de terça-feira. Foi mais simples, assim, comprar de última hora uma passagem de primeira classe e embarcá-la no primeiro voo para me encontrar.

— Espero que não tenha me trazido aqui para me fazer passar o Carnaval no quarto do hotel enquanto você trabalha — ela disse, ao me encontrar.

— Ora, você nunca foi de sambar na avenida — tentei quebrar o gelo.

— Mas em casa pelo menos eu assistiria aos desfiles pela TV.

— Só preciso terminar uma apresentação para segunda-feira. Mas ainda vamos aproveitar parte do fim de semana. E a partir de terça-feira sou todo seu.

— Cinco dias? É tudo o que você consegue depois de dar o sangue nesse banco por quase dois anos?

— Eles pagam muito bem pelo meu sangue. Vamos, relaxe um pouco. Acho que consigo tirar mais uns cinco dias em abril. E você escolhe o lugar dessa vez.

— Tenho uma ideia melhor. Por que a gente não fica por aqui e começa de uma vez o projeto da nossa viagem? Nós nunca mais falamos sobre ela…

— Você sabe que não posso sair agora. Estou investindo tudo nisso e, se tudo der certo, daqui a dois, três anos no máximo, vamos ter o tempo inteiro pra gente. Estou falando em me aposentar antes dos trinta, você tem noção do que é isso?

Vencida, Valéria esboçou um sorriso de quem estava disposta a pagar para ver. Com base nos meus cálculos preliminares, de quando comecei no banco, podia abandonar a carreira no mercado financeiro e curtir um bom período sabático quando juntasse uns duzentos mil. Ao reunir o dobro desse valor em metade do tempo esperado, me vi sem alternativa além de estabelecer metas mais ambiciosas. Eu agora sonhava com a independência financeira completa, o que aconteceria tão logo reunisse uma fortuna capaz de se retroalimentar. Por mais que me ocupasse em gastá-la, os rendimentos proporcionados pela aplicação de meu patrimônio só a fariam aumentar ainda mais. Eu não tinha um número mágico a partir do qual me daria por satisfeito. Até porque meu padrão de vida não era o mesmo de dois anos antes. Estava longe de ser um esbanjador, mas não me imaginava mais sem minha modesta adega e dois carros na garagem, incluindo a BMW amarela.

Como nada vinha de graça, era preciso trabalhar muito para manter tanto os planos para o futuro como as conquistas atuais. Não posso acusar Valéria de não tentar se ocupar o máximo possível para não reclamar de minha ausência. Mesmo sem precisar trabalhar, ela começou a dar aulas de inglês e francês e emendou a graduação com um mestrado, sob a orientação de Luiz Cláudio, outro que sofria com a indiferença do companheiro. Hugo ascendia no banco com uma carreira quase paralela a minha. Ele se esforçava para não dar bandeira sobre a preferência sexual, como se sua postura pessoal valesse mais que os resultados obtidos nos mercados. Sempre sob a supervisão próxima de Bernardo, que por alguma razão não demonstrava muita confiança em meu ex-colega de faculdade, a mesa de câmbio antecipou-se à enxurrada de dinheiro que entrou no país e fez apostas pesadas na queda do dólar. Era um raciocínio óbvio: para investir aqui, os estrangeiros precisavam trocar seus dólares por reais. E com mais gente querendo vender a moeda americana do que o contrário, as cotações desabaram. Para completar o ciclo, ganhamos no mercado de juros, com a previsão confirmada de que a inflação cederia e permitiria uma redução comedida das taxas.

Com o ano ganho muito antes do fim, Bernardo decidiu antecipar as celebrações. Um convite discreto chegou ao e-mail pouco depois do fechamento da Bolsa, com o pedido para dispensarmos nossas equipes mais cedo e aguardarmos a convocação para uma reunião de urgência no andar da mesa da tesouraria, que poderia varar a madrugada. A redescoberta do mercado de ações fez crescer a importância da minha área no banco. Como analista-chefe, era chamado com frequência a participar de reuniões com a presença de Bernardo. Ele tinha opiniões próprias, quase sempre corretas, sobre o desempenho da Bolsa. Nossas projeções serviam apenas para dar mais profundidade a um quadro já materializado. Ele sempre nos questionava sobre os riscos das operações e se não havia nada no horizonte fora do nosso radar. Ouvir os especialistas das diversas áreas de atuação do banco e as observações do grande líder nos ajudava a ter uma visão ainda mais completa dos mercados em que atuávamos.

Não demorou muito até a revelação da pauta do encontro misterioso. A primeira garota surgiu do outro lado do vidro que separava a sala de operações da recepção. Atrás dela vieram outras, muitas, como em um desfile de moda. Sem perder a mania de estatística, calculei que havia mais de uma para cada um de nós. Elas vieram acompanhadas de técnicos com aparelhos de som e iluminação, que em menos de dez minutos montaram uma pequena boate na sala de operações. Logo brotaram garçons com os mais variados tipos de bebida nas bandejas. Como soube depois, a festa privada era uma tradição do banco, incorporada de modo informal na política de pagamento de bônus. Tratava-se de uma regalia cara e envolvia uma complexa logística que ia da propina paga à administração do edifício comercial à contratação das garotas. A função delas era bem clara ali e ia além de ornar o ambiente. O que me surpreendeu foi ver um desinibido Hugo ser um dos primeiros a se atracar justo com a mais cobiçada entre elas.

O chefe só apareceu quando todo o circo estava montado. Sempre com um copo de uísque na mão, distribuiu abraços, inclusive em mim – com quem conversou rapidamente sobre a queda da Bolsa na semana, nada que atrapalhasse a nossa rota –, dançou de forma desajeitada e atacou de DJ com a mesma técnica atabalhoada. Imaginei que ouviríamos algum discurso, mas Bernardo sabia escolher a hora de se manifestar. Parecia estar em todos os lugares e, por isso mesmo, poucos se deram conta quando ele deixou a festa, puxando consigo duas das garotas pelo braço e fazendo valer sua parte na estatística, segundo me contaram. Depois de várias doses de diversas bebidas alcoólicas, também garanti a minha cota e terminei a noite em um motel. Nos flashes de memória que me restaram a partir de determinada hora na festa, a garota não teve lá muito trabalho comigo. Pensaria até em barganhar o preço do programa, se a conta já não estivesse paga pelo BIG.

Valéria estava tão acostumada a passar parte da noite sozinha na cama, fosse pelas minhas viagens ou por alguma demanda do trabalho, que nem notou quando me deitei ao lado dela por volta das seis da manhã. Se estivesse acordada ou despertasse ao me ver, haveria uma chance razoável de ser descoberto. Por mais que tivesse aprendido a mentir com a prática diária no banco, fazê-la acreditar em alguma versão alternativa para a minha noite de luxúria seria tão ou mais difícil que empurrar para um cliente ações de uma empresa falida – como viria a fazer com maestria anos mais tarde. O mais estranho era que não sentia remorso algum. Todo o sacrifício no banco me fazia pensar que merecia transgredir qualquer regra. Passado o fim de semana, quando reencontrei os colegas e o escritório, concluí que eles pensavam da mesma forma. Na reunião de estratégia, que abria os trabalhos logo na primeira hora da manhã, Bernardo demonstrava a lucidez de sempre, inclusive com ideias novas. As piadas e rememorações foram surgindo em pílulas com o passar dos dias, quando pude aproveitar para recompor parte da memória perdida pelo álcool. A lenda de Hugo foi uma das primeiras a se espalhar, até porque muita gente desconfiava de suas preferências sexuais até a noite da festa. Se já era admirado pelo conhecimento de mercado e pela voracidade na mesa de operações, meu amigo gay da faculdade ganhou de imediato a reputação de conquistador e garanhão. Para mantê-la, passou a ser visto com várias mulheres, todas com tipo físico semelhante: loiras, quase sempre mais altas que ele, muito magras e extravagantes no modo de agir e se vestir.

Foi com uma delas, e não com Luiz Cláudio, que compareceu à festa de aniversário de Bernardo, pouco mais de um mês depois. Foi difícil convencer Valéria a manter as aparências que ele tanto se preocupava em manter. Se o comportamento de Hugo parecia algo absurdo, não era da nossa conta revelar o que ele optara por omitir. Para todos os efeitos, a relação com o professor continuava, agora oficialmente clandestina.

A presença de nossas companheiras tornava clara a diferença entre as celebrações do banco e aquela organizada na casa do principal sócio do BIG. Hugo e a loira da vez foram os primeiros que avistamos ao subirmos à cobertura do prédio com vista para o parque do Ibirapuera, um dos metros quadrados mais disputados e, portanto, mais caros da cidade. E metro quadrado era o que não faltava ali, a começar pela sala, suficiente para abrigar com folga os mais de cem convidados. Uma música ambiente fazia as pessoas balançarem os corpos por inércia em meio a conversas regadas por bebidas variadas e petiscos nobres servidos por garçons solícitos. Além dos sócios principais e do "grupo dos vinte" selecionados por critérios de hierarquia e mérito no banco, a audiência incluía clientes, algumas autoridades e familiares do aniversariante. Nada de câmeras e colunistas sociais, como imaginava ser uma festa de ricos. De um lado para o outro todo o tempo, a mulher de Bernardo conduzia a orquestra com bom gosto e discrição, enquanto o anfitrião tentava sorrir e se fazer de simpático, de modo bem menos convincente que na comemoração promovida semanas antes.

Passada a revolta, Valéria se enturmou bem com as mulheres e namoradas de alguns dos meus colegas, a partir de experiências em comum sobre a nossa ausência frequente e dedicação fervorosa ao trabalho. Os homens formaram outro grupo à parte com suas fofocas relacionadas ao banco e aos concorrentes. Os relatos sobre a trapalhada de algum gestor que perdera milhões em operações exóticas eram sempre saborosos. Depois de um tempo, acabei por me desgarrar deles também. Ninguém mais além de mim parecia interessado em examinar as minúcias da casa de nosso chefe. Devagar, perscrutei cada um dos cantos da enorme sala, dos móveis aos objetos adornados pelos espaços em branco, em meio a quadros modernos pendurados na parede ou de forma enganosamente displicente largados no chão. Não resisti à tentação de prosseguir o reconhecimento do terreno na direção de um longo corredor até chegar a uma porta quase ao fim à esquerda, deixada entreaberta como de propósito para aguçar a curiosidade. Dentro dela, um dormitório de tamanho pequeno tomado por uma enorme pilha de CDs, discos de vinil e livros, em prateleiras que iam do chão ao teto. Na parede oposta, um espaço onde havia um notebook, ao lado de um aparelho de som modernoso junto a uma poltrona reclinável. Sobre o assento, a capa do disco que provavelmente estava no aparelho e um par de fones de ouvido, do tipo que cobre toda a orelha. Na foto da capa, a figura de um homem com uma das mãos no queixo e olhar perdido, em contradição ao título *Chega de saudade* grafado em letras coloridas e garrafais.

— Você gosta mesmo de correr riscos — disse Bernardo às minhas costas, em um tom baixo como o do homem da capa do disco.

Saltei em cento e oitenta graus num impulso, tomado pelo susto, com o disco na mão como um escudo.

— D-desculpe. Deve ser bem valioso — falei, enquanto tentava recuperar o fôlego e, ao mesmo tempo, deixá-lo intacto no lugar onde o encontrei.

— Não é tão difícil assim encontrar um desses por aí. Mas, por via das dúvidas, tenho mais dois guardados. Você entende, para o caso de algum convidado bêbado da sua festa resolver invadir o quarto.

Em seguida, apontou-me uma das estantes, quase toda dedicada a artigos de João Gilberto, na qual guardou o disco após tirá-lo do aparelho. Era a primeira vez que conversávamos a sós sobre um assunto não ligado ao trabalho.

— Impressionante — tentei elogiar. — Não sabia que gostava tanto assim de música.

— Ora, eu vim da Bahia — ele disse, antes de soltar um sorriso discreto. — Entendeu? *Eu vim da Bahia, mas algum dia eu volto pra lá...* — repetiu, agora cantarolando. Após um breve e constrangedor silêncio, ele prosseguiu:

— No caso do João, não estamos falando só de música. Você gosta?

— *Bim bom, bim bom* — cantei, ao me lembrar do e-mail mandado por ele e para mostrar que havia compreendido a tentativa de piada. — Não sou um grande fã de bossa nova...

Bernardo revelou uma expressão de leve decepção, como se estivesse habituado a ouvir aquele tipo de reação.

— Esse é um erro que as pessoas tendem a cometer. João Gilberto inventou a bossa nova, mas é muito maior que ela.

— Pode ser — concordei, sem convicção. Para mim, João não passava de um velho que tocava as mesmas músicas havia cinquenta anos, mas jamais seria capaz de revelar isso a ele.

— Não vou tentar te convencer. Deixa ele mesmo fazer isso — falou, ao mesmo tempo em que enfiava sem cerimônia os fones em meus ouvidos.

De imediato, os ruídos externos da festa, incluindo o barulho das conversas mesclado ao da música ambiente, foram abafados. Bernardo me empurrou para a poltrona e voltou para a prateleira, de onde apanhou um disco de capa branca, com uma arte no centro na qual se lia o nome do artista acima de uma pequena foto envelhecida em preto e branco, como se recortada de um jornal. Depois de tirar o vinil da proteção de plástico, tomando o cuidado de segurá-lo apenas com a palma das mãos pelas bordas, colocou-o para tocar no aparelho ao meu lado. O estalido da agulha em contato com o disco me trouxe um leve desconforto, até surgirem os primeiros acordes de violão, logo acompanhado por um ruído percussivo semelhante a uma vassoura e a voz, mínima, a entoar os versos mais do que conhecidos:

É pau, é pedra, é o fim do caminho
É um resto de toco, é um pouco sozinho...

Estava pronto para fingir apreço pela música só para agradar o chefe, mas não foi preciso. Em pouco tempo me esqueci até de onde estava. O andamento de "Águas de março" era diferente da versão original. João juntava uns versos nos outros, algo como "*é pau, é pedra, é o fim do caminh... um resto de to... cumpouco sozinho...*", quase em contraponto com o ritmo ditado pelas batidas do violão. Ele cantava como um jogador que desconcerta o zagueiro ameaçando driblar para um lado e, de súbito, inverte a trajetória do corpo e da bola, passando pelo outro. Com a diferença de que ele era capaz de executar o mesmo drible sonoro incontáveis vezes em uma mesma jogada. E quando a letra voltava ao ponto inicial e ele tornava a cantá-la, era como se a ouvisse pela primeira vez. Eu era o zagueiro russo de Garrincha, resignado em marcá-lo sempre pelo lado errado. Havia uma concisão matemática nos movimentos do violão com a qual eu me identificava como um engenheiro apaixonado pela precisão, mas a combinação da batida com a voz formava um mosaico tão complexo de perspectivas que ia muito além da compreensão de qualquer ciência exata.

A música continuou a ressoar nos fones de ouvido, e viria a preencher cada momento de silêncio em que me encontrasse nos anos seguintes, inclusive agora, enquanto escrevo esta minha autoajuda. Bernardo retirou os fones do meu ouvido e me serviu mais uma dose de uísque, de uma garrafa guardada em um ponto estratégico para esse tipo de ocasião.

— Não tenho palavras para expressar o que acabei de ouvir — foi tudo o que consegui articular. Não foi preciso fingir, havia de fato atingido um orgasmo sonoro.

— Com João, quanto menos palavras, melhor. Entende agora o que eu quero dizer? As pessoas tendem a repelir o que não compreendem. O que você acha que as pessoas de fora pensam de nós, do mercado financeiro?

— Engraçado você mencionar, sempre me pego pensando nisso. Antigamente, quando andava de ônibus, ainda mais.

— Para todos os efeitos, somos seres do mal, incapazes de pensar em algo que não seja ganhar dinheiro.

— Ganhar dinheiro é a nossa arte — filosofei. Bernardo riu.

— Se parar pra pensar, você não é muito diferente do João. Ele é um compositor bissexto, que se apropria das canções dos outros e as transforma. Você é um analista, transforma as ações das empresas que você não criou em histórias para serem vendidas aos investidores — discursou, com sintomas visíveis de quem bebera o suficiente para ter a carteira de motorista apreendida se passasse por uma blitz.

Entorpecido, o raciocínio não fez muito sentido na hora. Fui entender o que ele quis dizer dias depois, quando já estava completamente convertido ao joãogilbertianismo. A comparação verdadeira não era comigo, mas com o próprio Bernardo. Ao se encapsular naquele pequeno espaço, ele também nutria um desejo velado por parar o tempo, ou pelo menos enganá-lo, como fazia o violão de João Gilberto no espaço de cada canção.

6
de conversa em conversa

São Paulo, maio de 2004

Saldo: R$ 599.000,00

Assim como João Gilberto, nossa popularidade era muito maior fora do país do que em casa. Enquanto os investidores locais torciam o nariz para a Bolsa e para as nossas recomendações, os estrangeiros saíam às compras de tudo o que aparecesse pela frente, até mesmo de ações de empresas pouco confiáveis, sob o argumento de que, diante das perspectivas de crescimento da economia, nem elas escapariam de apresentar bons resultados a seus acionistas. Não que alguém estivesse perdendo dinheiro. Quem tinha medo de se arriscar um pouco mais na Bolsa sempre tinha o conforto do ganho fácil nas aplicações que rendiam juros, mas esse pensamento começava a mudar.

A propaganda do país ganhou proporções históricas quando uma análise feita anos antes pelo economista de um grande banco estrangeiro começou a ser citada com frequência nas rodas de investidores e, posteriormente, na imprensa. Não pelo conteúdo em si, que poucos se deram ao trabalho de examinar, e mais por uma sigla cunhada a partir da combinação das primeiras letras dos países que foram alvo do relatório: Brasil, Rússia, Índia e China. Em comum entre eles, quase nada além do tamanho continental. Mas por um motivo qualquer, imaginou-se que o BRIC formava um grupo coeso de onde sairia a maior parte da fortuna produzida pela humanidade nas décadas seguintes. Desde que esse panfleto travestido de estudo se popularizou, investir em um ou mais desses países, de preferência nos quatro, tornou-se uma obrigação, não muito diferente de uma moda, como foram as calças xadrez no começo dos anos 1990.

Foi nessa época que surgiram os primeiros rumores de venda do BIG. Para algum concorrente de fora forçado a ter presença no B dos BRIC seria mais simples incorporar um banco local do que montar uma estrutura do zero. Éramos uma das últimas noivas atraentes do pedaço, depois da quebra ou da venda dos poucos concorrentes. Uma possível concretização do negócio me tornaria um homem milionário. Eu ainda não era sócio do banco, mas como parte do meu último bônus recebera algo chamado "opções", um contrato que me dava o direito de comprar um pacote de ações do BIG. Como uma forma de estimular as pessoas a permanecerem no banco, as opções só podiam ser convertidas em um ano. Havia certas condições para o uso das opções antes desse prazo. Uma delas era a venda do banco. Como muitos estavam na mesma situação, torcíamos todos por um final feliz. Poucas vezes circularam tantas informações entre os colegas como nas semanas que culminaram na negociação frustrada. Na maioria do tempo víamos uns aos outros como rivais pelos pedaços mais suculentos dos bônus distribuídos como carne aos leões famintos.

Jamais soubemos com certeza, mas se estivessem corretos os rumores de que a oferta final chegou a quinhentos milhões, o comprador estaria disposto a pagar mais de três milhões e meio por cabeça no nosso circo de horrores. A ideia de valer mais que muito jogador de futebol me consolou. Para Bernardo, o preço do nosso passe era ainda maior. Foi ele quem dificultou as negociações desde o começo. A venda provocou um racha na cúpula do BIG, apaziguada apenas quando foi estipulado um preço pelo qual ninguém, nem mesmo Bernardo, poderia se recusar a vender: cinco bilhões.

Quem não fazia parte da cúpula e via no negócio somente uma oportunidade de faturar um pouco mais não gostou nada do desfecho do caso. Alguns decidiram abrir mão das opções e do futuro promissor no banco para começar um negócio próprio. No lugar do trabalho penoso para enriquecer ainda mais nossos chefes, por que não abrir um pequeno escritório e montar um fundo para administrar o dinheiro de conhecidos e clientes? Fazia sentido. Com a alta da Bolsa e das histórias de gente que dizia ter multiplicado o patrimônio ao aplicar em ações, bastava revelar minha profissão para virar o centro das atenções em qualquer lugar e ocasião, de velório a reunião de condomínio.

Convidado a participar de uma sociedade formada por ex-colegas, optei por permanecer no BIG. A perspectiva de me tornar dono de um pedaço do banco, por menor que fosse, me seduzia de uma forma irresistível. Era como ter a oportunidade de pagar um real em uma ação que, em pouco tempo, poderia valer dez vezes mais. Uma ação que estava ao alcance de muito poucos, porque o BIG não era uma empresa listada na Bolsa. Só podia comprá-las quem tivesse as tais opções. E, para tê-las, além de trabalhar duro e se fazer merecedor aos olhos dos chefes, era preciso abrir mão de uma parte do bônus em dinheiro. Em resumo: antes de comprar ações eu tinha de comprar o direito de comprá-las.

Quem já era sócio podia adquirir mais ações na proporção que lhe cabia ou comprar mais opções se desejasse aumentar sua participação.

No meu plano de acumular o máximo possível no período mais curto de tempo, virar sócio do banco não parecia uma estratégia muito inteligente. Eu sabia que, ao optar pelo pagamento em opções no lugar do dinheiro, não seria possível tomar o caminho de volta. Uma vez sócio, se parasse de comprar ações, enquanto os outros investiam tudo o que ganhavam, teria minha pequena participação diluída. E, pelas regras da nossa sociedade, as ações do BIG só podiam ser negociadas entre os sócios. Ou seja, se precisasse ou quisesse vendê-las, provavelmente teria de aceitar um preço bem baixo. Mas negar as opções tampouco era uma opção. Para todos os efeitos, todos trabalhávamos com esse objetivo. Eram poucos os funcionários agraciados com o pacote de opções no bônus. A simples escolha do meu nome entre tantos outros deveria ser motivo de orgulho – e inveja para os preteridos.

Comprar ações do banco era, em última instância, uma aposta que poderia me fazer muito mais rico do que jamais imaginei. Bernardo podia ter muitos defeitos, mas um deles não era rasgar dinheiro. Se alguém se dispusesse a assinar um cheque com a quantidade de zeros que ele desejasse – e não eram poucos –, não hesitaria em negociar o banco. Era uma questão de tempo até a venda do BIG. E, nessa hora, quem não fosse sócio, ou por um ato de loucura tivesse escolhido não sê-lo, se sentiria como aquele azarado que deixou de apostar no bilhete premiado da loteria no bolão da firma.

Para mostrar ao mercado que não estava à venda, ao menos não em troca de espelhinhos oferecidos pelo primeiro gringo que viesse de longe e nos tratasse como índios aculturados, o BIG decidiu que era hora de sair da toca e aparecer para o mundo. Havia duas formas de fazer isso: pagar por caros espaços publicitários em jornais e revistas ou fazer esses mesmos jornais e revistas nos cederem um espaço gratuito, naqueles textos que ficavam nas páginas em que não havia anúncios.

Embora não fosse um especialista em comunicação, Bernardo sabia aonde queria chegar e quem iria levá-lo até lá. Quando fui chamado na sala de reuniões principal, ele e os sócios mais importantes já me aguardavam ao lado de uma moça que nunca vi e a quem me apresentaram como assessora de comunicação, uma posição nova dentro do banco. Ele sequer me esperou chegar a um dos lugares vagos da mesa para comunicar o motivo da convocação.

— Nós decidimos que está na hora de deixar um pouco de lado o nosso estilo *low profile*. Foi importante por um período fazermos nossos negócios longe dos holofotes, mas o Brasil mudou, ou melhor, vem mudando nesses últimos anos. O que aconteceu e, principalmente, o que não aconteceu depois da eleição, quer dizer, esse processo de normalidade no ciclo político, é prova disso. A nossa ideia é que o BIG seja reconhecido como parte dessa nova cara do país — ele disse.

— Que bom. E como posso ajudar? — falei, ao ver que todos olhavam na minha direção, como se eu tivesse a resposta, e não dúvidas, sobre os anseios de Bernardo.

— Queremos que você, como nosso principal analista, comece a falar com o público externo, além dos nossos clientes, sobre a Bolsa — tomou a palavra Miguel Vendano, o meu chefe direto. A área dele foi a que mais cresceu no banco, e o aumento de sua importância era nítido também na confiança como se colocava ao lado de Bernardo.

— Ele quer dizer que você vai falar com a imprensa sobre o que pensamos sobre a Bolsa.

— Mas eu só faço recomendações, não sou eu quem coloca o dinheiro do banco na Bolsa. Se vamos dar a nossa opinião, o ideal seria colocar alguém da tesouraria pra falar.

Meu comentário despertou gargalhadas eufóricas na mesa. Para todos os efeitos, eu os acompanhei para não perder a suposta piada. Como entendi depois, a intenção não era revelar o que realmente pensávamos sobre a Bolsa, ou qualquer outro assunto, mas sim sugerir o que os *outros* deveriam pensar. Como de hábito, as pessoas comuns começavam a se interessar pela corrida quando os principais competidores haviam largado muito tempo antes. Para a sorte deles, quem não chegasse muito tarde ao fim do arco-íris também seria agraciado com um pote de ouro. Vendano retomou a palavra quando as risadas cessaram.

— Nosso plano de comunicação é liberar o acesso aos relatórios publicados pela sua equipe para alguns jornalistas selecionados. Os outros continuam recebendo as bobagens do nosso economista-chefe.

— Nós já deixamos vazar as nossas opiniões quando nos interessa. Nas eleições, por exemplo — revelou Bernardo, ao lembrar do texto que me tornou conhecido no mercado. — Mas isso agora precisa ser um pouco mais explícito.

— Rodrigo, o BIG tem um nome quase lendário no mercado e os jornalistas se matam por uma entrevista com o banco. Isso não vai mudar. Suas aparições na imprensa serão discretas, e só quando for conveniente para nós — explicou a assessora, uma ex-jornalista contratada para o outro lado do balcão.

— Eu não sei como lidar com jornalistas. Eles não são todos uns idiotas? — falei, buscando amparo em uma das máximas de Bernardo.

— Sim, lidar com idiotas não é fácil. Todos farão certo esforço. Eu também pretendo dar uma entrevista aqui e uma para um jornal do exterior pelo menos uma vez ao ano — revelou. — No fundo, nossa postura não vai mudar muito. Se fôssemos músicos, era como se deixássemos de ser João Gilberto e nos tornássemos...

— Chico Buarque — ajudei.

— Você tem um rosto jovem e bonito. Fala várias línguas e escreve bem, algo muito raro por aqui pelo que pude ver. É o tipo de porta-voz ideal para o banco — incentivou a assessora.

Suas palavras me deixaram lisonjeado. Em todo caso, não era um trabalho de convencimento ali. A decisão estava tomada, e eu não tinha a opção de permanecer encerrado em meu próprio mundo envolto em planilhas e análises de ações como nosso ídolo musical fazia com as canções que retrabalhava de forma hermética. Para me incentivar a cooperar no processo, decidiram relacionar uma parte do meu bônus à imagem do BIG na mídia.

Ao lado de executivos de outras empresas atendidas pela agência, trancaram-me em uma sala durante um dia inteiro para uma série de palestras. O objetivo era nos ensinar o que falar e, principalmente, o que não falar a um jornalista. Porque tudo o que disséssemos seria usado contra nós. Pior até do que em um interrogatório policial, em que essa era somente uma possibilidade.

A orientação número um da dona da agência e nossa professora era jamais falar com a imprensa sem o conhecimento prévio da agência, mesmo que já tenhamos falado com o jornalista em ocasiões anteriores. Se fôssemos abordados em algum evento público, a recomendação era encaminhar os pedidos de entrevista à agência. Não nos era permitido sequer conceder uma entrevista por telefone sem o acompanhamento de um profissional da agência na escuta. Em resumo, o curso se limitava a ressaltar a importância da agência em nossas vidas. O trabalho não era muito diferente do de uma babá, sempre disposta a nos livrar de perigos como pôr o dedo na tomada ou andar com os pés descalços no chão frio. Com a diferença de que a agência pretendia nos manter como bebês dependentes de seus cuidados por toda a vida.

Logo nas minhas primeiras entrevistas, percebi que Bernardo tinha razão. Os jornalistas não eram nada ameaçadores como tentavam nos fazer crer. A ameaça vinha justamente do risco de uma interpretação errada que fizessem de alguma declaração minha, e nisso a recomendação para que fôssemos evasivos e evitássemos temas polêmicos se tornou uma das mais válidas do curso. Com o tempo, desenvolvi uma técnica própria de conceder entrevistas, baseada em afirmações de impacto, porém desprovidas de qualquer sentido. Quanto menos o repórter entendesse, maior a chance de minhas palavras serem reproduzidas na íntegra. Desta forma, alertei em uma reportagem sobre o "risco da influência do aumento das pressões geopolíticas nas cotações do petróleo sobre a Bolsa" e antecipei fenômenos como "a grande onda benigna dos resultados das empresas nas cotações das ações". Só sentia pena dos leitores brindados com tais pérolas nas reportagens, se é que alguém lia de fato aquele tipo de texto.

É claro que no começo tive de suportar a zombaria dos colegas. Para nós, ainda mais idiotas que os jornalistas eram aqueles que perdiam tempo dando entrevistas. Estávamos muito mais preocupados em ganhar dinheiro do que em explicar aos outros como realizávamos isso. Sem falar na vergonha que me faziam passar quando uma equipe de televisão ia ao banco, em especial quando acompanhada de uma bela e descerebrada repórter.

De maneira geral, devo reconhecer, não era ruim aparecer nas reportagens, e creio que a chacota não passava de inveja dissimulada. Pela primeira vez, meus pais mostravam-se orgulhosos de mim. Na minha primeira aparição na TV, foram menos de dez segundos de fama, mas o suficiente para ser reconhecido por semanas, do taxista ao porteiro do prédio. Valéria também parecia feliz com meu progresso profissional. As entrevistas deviam ser uma prova de que todo o tempo passado no banco tinha um propósito além do dinheiro. Ela também se acostumou à vida de pequenos luxos e pouca preocupação ao meu lado. Enquanto outros jovens da época da faculdade ralavam para fechar as contas do mês e juntar dinheiro para dar entrada em um apartamento, nós estávamos de mudança para um duplex com espaço para escritórios separados e uma pequena sala com isolamento acústico, nos moldes da casa de Bernardo, onde poderia ouvir minha recém-adquirida coleção de discos de João Gilberto.

— Vale tudo para se aproximar do chefe? — ela me perguntou, logo que comecei a devorar tudo sobre o artista que via pela frente.

— Isso não tem nada a ver com Bernardo. Minhas paixões são sempre verdadeiras, você devia saber disso.

— Sim, pelo tempo que você dedica a mim, não posso dizer que você seja falso com o que sente.

— Eu sei que a sala de música é uma extravagância para você.

— Não é isso. Você pode ter uma orquestra inteira, se quiser. Mas não entendo por que gastar tanto em um apartamento alugado.

No raciocínio de Valéria, melhor seria adquirir um imóvel próprio, ainda que de menor valor e afastado dos metros quadrados mais caros e bem-localizados da cidade. Era difícil convencê-la de que aplicar o dinheiro no banco, aos cuidados de meus colegas no BIG, era muito mais rentável do que deixá-lo parado em um apartamento. O pagamento de um aluguel, por mais caro que fosse, era inferior ao rendimento que teria em uma aplicação conservadora. Esse era o tipo de sabedoria que jamais revelava em entrevistas. O que as pessoas queriam ouvir eram obviedades e não havia razão para fugir ao roteiro. Afinal, cada vez que meu nome surgia em destaque nos jornais, fantasiava em segredo um aumento no valor do bônus.

Como parte do trabalho, passei a ler com mais atenção os artigos na imprensa, em especial os que contavam com a minha participação. Em meio ao nível bem raso, as matérias de Bianca Siqueira, uma repórter iniciante que cobria a Bolsa de Valores para o *Jornal Econômico*, uma publicação especializada, eram as únicas que se destacavam. Das primeiras entrevistas, começamos a falar com uma frequência cada vez maior, até dispensarmos a intermediação da agência de comunicação. Ela elogiava a didática com a qual eu explicava temas complexos, sem me valer de termos vazios em inglês. Eu também me sentia à vontade para ligar e lhe fazer sugestões de reportagens. Foi assim que me tornei, como se diz no jargão jornalístico, uma "fonte". Em nossas conversas *off the record*, dava as explicações verdadeiras sobre os movimentos da Bolsa e o que pensava sobre algumas companhias. Como tinha acesso próximo a elas, garimpava informações que lhe valiam reportagens exclusivas, chamadas de "furo" no confuso linguajar jornalístico. Muitas vezes extrapolávamos os temas econômicos para falar sobre banalidades em telefonemas e trocas de e-mails.

De uma dessas conversas surgiu um convite para almoçarmos juntos. A Bianca idealizada por mim era bem diferente da garota que me esperava à mesa do restaurante. Dos olhos escuros, que quase brilhavam em contraste com a pele branca um tanto descuidada do sol, aos grandes seios, presos ao decote do traje executivo usado por ela apenas quando tinha compromissos fora da redação do jornal. Mas nada me chamou mais a atenção do que os lábios. Sob uma camada de batom vermelho-escuro, eram espessos e destoavam do conjunto formado pelo rosto pequeno e arredondado. Como um redemoinho no meio do oceano, passei a ser atraído cada vez mais para perto deles, ansiando pelo momento iminente do naufrágio.

Não custamos a perceber que as intenções eram recíprocas. O primeiro beijo saiu de forma tão natural que era como se tivéssemos combinado o roteiro desde o dia em que nos falamos pela primeira vez, ainda sob a vigilância da agência de comunicação. Dispensamos o almoço e voamos até o hotel de luxo mais próximo. Por pouco não fomos flagrados no lobby, onde alguns conhecidos conversavam durante o intervalo de um evento que ocorria no lugar. A urgência com que tudo aconteceu me tomou todo o senso de controle. E mesmo depois, quando pudemos parar e retomar o ponto perdido da conversa, não conseguia me concentrar em mais nada além do corpo dela e do aroma de champanhe derramado nos nossos corpos e nos lençóis.

— Espero que tudo o que aconteceu hoje fique *off the record* — falei, enquanto ela fumava um cigarro sentada na cama, com os lábios comprimidos e levemente iluminados pela chama na ponta.

— Eu trabalho em um jornal de economia. Acho que um caso de adultério não renderia muito por lá — ela disse, depois de soltar a fumaça no ar, formando um biquinho cerrado.

— Não seria ruim se saísse no jornal. Minha vontade era espalhar para todos no banco.

— Você nem precisa desse marketing machista. Um cara rico e bonito como você pode ter quem quiser.

— Bonito, tudo bem — brinquei. — Mas rico? Se eu sou rico, como você classifica Bernardo e os sócios do banco?

— Como zumbis.

— Zumbis? — eu ri. — Não sabia que você tinha tanta raiva de banqueiros.

Bianca deu uma longa tragada e soprou a fumaça no meu rosto antes de responder:

— Não tenho raiva, mas medo. Vocês não veem nada pela frente. Só dinheiro, dinheiro, dinheiro — ela disse, imitando os movimentos de um morto-vivo.

— Eu não sou como eles. Tenho um padrão médio, sempre tive. E não vou muito longe. Pelas minhas contas, em mais dois anos consigo largar o emprego. Acho melhor você procurar outras fontes, porque nesse ritmo eu me aposento antes dos trinta...

— Muitos dos seus colegas se aposentaram antes dos trinta. Por invalidez.

— Sim, esses viraram zumbis de verdade. Mas são uns loucos que põem o dinheiro acima de tudo.

— Os que dizem não ligar pra dinheiro são os piores. Qual a sua motivação, tomar o lugar de Bernardo?

— Eu não sobreviveria tanto tempo lá dentro para ver isso acontecer. E você também não vai muito longe com esse cigarro na boca — respondi.

— Como repórter, vou morrer jovem e pobre.

— Claro que não — tentei incentivar. — Se você continuar fazendo um bom trabalho pode ganhar bônus e, sei lá, virar sócia do jornal.

Bianca primeiro me olhou incrédula, para saber se eu estava de brincadeira. Depois soltou uma gargalhada sonora, que podia ser ouvida da recepção do hotel.

— Ora, Rodrigo! Queria que você nunca perdesse essa inocência.

Ela depois me explicou que nos jornais não havia a cultura de remuneração variável conforme o desempenho e o salário fixo era péssimo. Talvez por isso a qualidade do trabalho da imprensa fosse tão ruim. Entre o vício e o trabalho, ao menos estava certo quando disse que Bianca ganharia destaque no quadro de repórteres do *Jornal Econômico*, graças a várias matérias que surgiram de dicas que eu e outras fontes lhe passávamos. Nossos encontros aconteciam mesmo quando não tinha nenhuma informação relevante para compartilhar. Com o tempo, estabeleceu-se uma relação de cumplicidade entre duas pessoas que não podiam ser mais diferentes. Com uma agenda repleta de reuniões e viagens, minhas fugas jamais despertaram desconfiança em Valéria, ainda que ficasse intrigada com a fome com que eu chegava do escritório nos dias em que dizia ter almoçado fora.

7
saudade da Bahia

Nova York, fevereiro de 2005
Saldo: R$ 727.000,00

Graças às notícias em primeira mão que obtinha de fontes quentes, Bianca não demorou a ser promovida. Se é que enviar alguém para trabalhar em Buenos Aires pudesse ser considerado uma promoção. Enquanto o Brasil era um continente de prosperidade, o vizinho se tornara uma exótica ilha turística, de onde os investidores queriam distância. Minha bem-sucedida missão como porta-voz do BIG para assuntos da Bolsa chegou ao fim quase na mesma época, e a nova ordem era me manter o mais afastado possível da imprensa.

Como analista-chefe do BIG, convenci muitos clientes a comprar ações e nenhum deles tinha do que reclamar. Muito menos o banco, que cobrava uma comissão nada modesta por minhas recomendações e pelos negócios realizados por nossa corretora. E, quanto mais ganhavam, mais desejavam investir em uma corrente do bem que atraía novos elos a cada dia. No meu telefone, chegavam chamadas de investidores dos lugares mais distantes e de perfis menos óbvios, como o gestor do fundo de pensão dos bombeiros de Oklahoma City ou a responsável pelo escritório que cuidava da fortuna de algum magnata saudita.

O preço das ações, contudo, não podia subir para sempre. Os riscos para os marinheiros que se arriscavam pela primeira vez nas exóticas terras além da Linha do Equador eram bem maiores do que para os corajosos desbravadores, por uma simples questão matemática. Não que o prognóstico fosse ruim. Ainda havia muito espaço para as empresas brasileiras aumentarem seus lucros, que se traduziriam na valorização das ações. Mas, como um analista, precisava ser prudente, e, ao primeiro sinal de perigo, alertei meus superiores no banco.

— Acho que está na hora de ser um pouco mais cauteloso com a Bolsa — falei, em uma reunião com a presença de Bernardo.

— Você deve estar de brincadeira — disse o economista-chefe do banco, um imbecil. — Logo agora que o país está saindo do buraco, a economia está estável e as empresas começaram a lucrar?

— Vislumbramos esse cenário dois anos atrás e as ações já subiram por causa disso — respondi, sem muita paciência.

— Entendo — interferiu Bernardo, como costumava fazer quando algum assunto lhe interessava. — Então é hora de sairmos das ações mais óbvias e recomendarmos aquelas que ainda não subiram.

— Já recomendamos todas as ações possíveis — eu disse. — E todas elas subiram.

— Você está me dizendo que não existem mais ações na Bolsa para se comprar? — questionou Bernardo.

— Não exatamente. A Bolsa vai continuar em alta, não tenho dúvida. Mas depois de subir quase cento e cinquenta por cento em pouco mais de um ano, o potencial não é mais o mesmo, sem falar no risco de que eu esteja errado.

— Sim, as ações principais subiram muito. E quanto às outras? — insistiu.

— Já recomendamos a compra de todas as empresas que prestavam. E até as que não prestavam subiram.

— Deixe-me ver se entendi: você está me dizendo que faltam boas ações, e não compradores na Bolsa — concluiu, com uma pergunta em tom de afirmação.

— Há boas ações, mas não a preços tão convidativos como antes. Se tivéssemos mais empresas para recomendar seria ótimo — resumi.

Eu ainda não sabia, mas a minha frase despertou uma cadeia de sinapses na mente acelerada de Bernardo. Daquele beco sem saída ele viu a oportunidade de construir um viaduto que nos levaria a uma novíssima autoestrada de dinheiro.

Poucos meses depois daquela reunião encontrava-me ao lado dele, no lugar onde funcionava o pregão da Bolsa. Naquela manhã saltei do táxi na rua Boa Vista, vindo direto do aeroporto. Ao abrir a porta, fui recepcionado pelo cheiro de urina misturado ao de desinfetante que exalava das calçadas mal amanhecidas. Era uma pequena e sempre desagradável caminhada até o prédio, que ficava em uma rua sem acesso a veículos.

Bernardo e eu tínhamos uma razão muito nobre para nos sujeitarmos àquela degradação. Estávamos ali para participar da cerimônia que marcou o início das negociações das ações de uma fabricante de cosméticos. A pequena festa era o ato final de um processo conhecido como abertura de capital, quando uma empresa decide passar o chapéu vendendo suas ações em busca de uns trocados de investidores no mercado.

Uma pequena parte daquele dinheiro estava no chão, na forma de folhas secas de eucalipto que enfeitavam o salão onde funcionava o decadente pregão, que seria extinto no ano seguinte para se transformar exclusivamente em um espaço de festas matutinas como aquela.

O banho de capitalismo parecia exótico demais aos meus olhos, o tipo de coisa que não poderia dar certo por ali. Ao mesmo tempo, a festa na Bolsa coroava um esquema tão simples que era difícil explicar como não acontecia com mais frequência. Afinal, não faltavam empresas que precisavam de dinheiro para crescer. E uma das formas de consegui-lo era abrir o capital a um novo sócio – no caso, centenas ou milhares de investidores anônimos. Se tudo desse certo, todos ficariam ricos no final. Nesse meio-tempo, quem quisesse pular fora do barco poderia vender suas ações a qualquer momento em um lugar chamado Bolsa de Valores.

No meio do caminho entramos nós, os banqueiros, responsáveis por fazer a ponte entre quem precisa e quem tem o dinheiro, trabalho pelo qual cobrávamos uma comissão nada módica. "E por que comprar ações dessa empresa de perfumes em vez de qualquer outra que já está na Bolsa?", questionavam-me os clientes durante o processo chamado de oferta pública inicial – ou IPO, como preferíamos falar, na sigla em inglês. Porque as perspectivas de crescimento da companhia e da valorização das ações eram muito maiores do que qualquer outra forma de investimento, inclusive em outras empresas na Bolsa, eu argumentava, em uma análise que, em tese, deveria ser independente do que os meus colegas do banco diziam. Naquele caso era verdade. A nossa planilha milagrosa apontava que as ações tinham tudo para render no mínimo o dobro das que já estavam na Bolsa.

Não foi preciso muito trabalho para convencê-los. A procura pelas ações da empresa de cosméticos foi muito maior do que a quantidade de ações à venda. Um investidor que tenha reservado, digamos, cinco milhões não levou nem a metade para casa.

Além dos donos da empresa, que acabavam de se tornar bilionários, as atenções eram todas voltadas para Bernardo. O chefe ganhava os holofotes conforme acumulava riqueza e prestígio, que já extrapolavam as fronteiras da Faria Lima. Todos no amplo salão, inclusive banqueiros concorrentes que ficaram de fora do negócio, fizeram questão de cumprimentá-lo. Mas nem o gosto do sucesso o livrava do desconforto típico de quando não tinha a situação sob total controle.

— Estou me sentindo em um enorme elevador — ele me disse, ao comentar sobre a música ambiente.

— Da próxima vez podemos sugerir que a empresa pague para trazer o João Gilberto — respondi.

— Acho que o João toparia. A acústica daqui até que não é das piores — ele riu.

— O problema seria convencê-lo a aparecer aqui a esta hora. Seria mais fácil mudar a abertura da Bolsa para a noite.

— Nada que um bom cachê não resolva. Vamos trazê-lo no IPO do nosso banco.

A música de João Gilberto tornara-se referência obrigatória nas raras vezes em que tinha a oportunidade de falar com Bernardo sobre algum assunto fora do trabalho. E, como eu não fazia mais nada além de trabalhar e ouvir João Gilberto, talvez o único possível. A voz miúda do cantor me acompanhava por todos os lugares, sempre junto do violão e das batidas inconfundíveis. No caminho para o trabalho, protegido pelos vidros escuros fechados, de preferência com o ar-condicionado desligado, a fim de reproduzir a perfeita atmosfera joãogilbertiana. Na estrada, durante as viagens para visitar meus pais. E em casa, nos raros momentos em que podia me encontrar sozinho, porque era impossível tentar ouvir qualquer música em meio à conversa maçante de Valéria. Era preciso esperá-la dormir para fugir da cama e ligar o som conectado aos fones de ouvido.

— Você só pode estar de brincadeira — eu disse a Bernardo. — Abrir o capital do BIG? E trazer João Gilberto?

— Todos têm seu preço, meu caro, inclusive o banco. E João Gilberto. Como acha que eu o conheci?

Bernardo tinha o sorriso de um garoto orgulhoso que acabara de contar vantagem para o amigo incrédulo. Conhecer João Gilberto devia ser tão difícil quanto ver um extraterrestre, e qualquer relato desse tipo só poderia ser fruto de alucinação ou pura mentira.

— Você e... João? — falei, com dificuldade até de completar a sentença, como se fosse fruto de algum erro gramatical.

— Ninguém acredita quando eu conto essa história. Acham que estou mentindo quando digo que paguei um milhão para ficar pouco mais de dez minutos ao lado dele.

O pequeno grupo que aguardava o fim do nosso diálogo para se aproximar de Bernardo se afastou ao perceber minha inquietação crescente.

— Eu não acredito que João aceitaria qualquer quantia para receber um fã.

Bernardo permaneceu calmo e pareceu não se incomodar com a minha impertinência impensada.

— Prefiro pensar que não foi só pelo dinheiro. No caso de pessoas como ele, nunca é — ele disse.

— E como ele é? Assim, pessoalmente? — questionei, ainda sem estar convencido e movido mais por curiosidade.

— Tudo o que posso recomendar é que não tente fazer o mesmo que eu. Não gaste seu dinheiro — ele falou. Ao perceber que continuava sem me responder, prosseguiu: — Se quer mesmo saber, João é tão obcecado pelo que faz que perdeu a noção de realidade.

Balancei a cabeça, dessa vez em concordância. Por tudo o que ouvira, o relato de Bernardo fazia todo o sentido.

— Vocês conversaram?

— Muito pouco. Ele não diz nada ou só diz o que sai da cabeça dele. É como naqueles casos famosos de autismo, só que em vez de decorar metade dos números da lista telefônica ele toca violão compulsivamente.

— Ele... tocou pra você?

— Não, infelizmente.

— Ele precisa de ajuda médica, psiquiátrica, sei lá. Por que ninguém faz nada?

— Há uma grande rede de proteção em torno dele. Gente que considera os problemas mentais dele uma excentricidade. Ele já foi internado em um hospício quando era jovem, você sabia?

— Nesse meio artístico só tem filhos da puta. São mais ambiciosos que qualquer um de nós.

Bernardo sorriu. Pegou um suco de tomate servido pela recepção do evento e tomou um longo gole. Depois pegou um pedaço de cenoura, deu uma mordida e o apontou para mim.

— Sabe? Na hora eu pensei o mesmo que você. Se pudesse, pagaria do bolso um tratamento, o que fosse preciso. Mas quem sabe eles não estejam certos? Não seria justo com o resto do mundo curá-lo. Afinal, sem um mínimo de obsessão não se chega a lugar algum.

Bernardo falava com a propriedade de alguém que se dedicava a ganhar dinheiro com afinco semelhante ao do ídolo que se trancava no apartamento e passava horas do dia ao violão na tentativa de aprimorar a técnica perfeita, com as paredes como plateia. Não porque precisasse ou fizesse alguma diferença do ponto em que estava. O dinheiro não passava de uma forma de mostrar que, tal como João Gilberto, ele podia evoluir a cada dia. E quanto mais alto chegasse, mais difícil seria continuar a escalada, o que só aumentava as chances de queda. Mas ambos não tinham escolha.

O chefe talvez enxergasse em mim qualidades que eu mesmo não via. Do contrário não teria me promovido mais uma vez, da área de análise da corretora para a linha de frente da equipe responsável pelas ofertas de novas ações. Graças à bem-sucedida abertura de capital da fabricante de cosméticos coordenada pelo big, a marginalizada área de mercado de capitais se tornara a mais nova vedete dos bancos de investimento.

Os concorrentes não perderam tempo e também correram atrás de empresas para lançar ações na Bolsa. Como os investidores dispostos a correr mais riscos com uma empresa novata estavam lá fora, os bancos estrangeiros eram os que mais nos preocupavam. Bernardo avaliou que a experiência como analista me dava um trânsito mínimo com os investidores, que já me conheciam dos relatórios e ganharam dinheiro com minhas recomendações. Mas enquanto na área de pesquisa da corretora eu era pago para dar palpites em tese independentes, que podiam ou não ser seguidos pelos clientes, agora eu tinha a obrigação de atrair a maior quantidade possível de dinheiro e interessados para comprar as ações que oferecíamos.

Aos vinte e seis anos, tornei-me o chefe da área de ações, responsável por encontrar empresas que poderíamos levar para a Bolsa e também por vendê-las depois aos investidores. A equipe de pesquisa não saiu da minha batuta, ainda que todo o trabalho de análise das empresas não fosse mais feito por mim. Nada mais conflituoso do que apresentar novas ações aos investidores e, ao mesmo tempo, ser pago para fazer uma avaliação independente para eles se valia a pena ou não comprá-las.

Com tantas responsabilidades, a entrada no quadro de sócios do BIG, de início com uma participação simbólica, foi um passo natural. Do ponto de vista hierárquico, agora só devia satisfações a Vendano e Bernardo. Minhas viagens tornaram-se ainda mais frequentes. O processo de venda das ações precisava ser feito em um período curto de tempo. Como um astro do rock, em duas semanas, passava pelas obrigatórias Nova York e Boston, cobria as cidades da Costa Leste americana e cruzava o oceano para apresentar a empresa em Madri e Londres, isso quando não viajávamos antes para sondar o interesse dos investidores. Não à toa, o processo era chamado de *road show*, no nosso dialeto anglo-financeiro.

O ritual incluía ainda ensaiar as falas dos fundadores da companhia que estava em busca do dinheiro. Eles me acompanhavam na turnê internacional e precisavam demonstrar credibilidade aos futuros sócios. O problema é que podiam conhecer bem o próprio negócio, mas nada entendiam de mercado financeiro nem de técnicas para iludir investidores.

— Não sei se consigo, Rodrigo. Eu nem mesmo falo inglês direito — me disse o dono de uma das empresas que levamos para a Bolsa.

— Não se preocupe, esses caras são bem menos espertos do que pensam. E estão loucos para investir na sua empresa. São como pais na festinha das crianças na escola: vão aplaudir tudo o que você fizer e achar lindos até os seus erros na hora de falar.

De fato, qualquer criança com cinco anos de idade e um mínimo de perspicácia conseguiria enrolar a plateia dos *road shows*. Minha receita era simples e eficaz: bastava um vocabulário em inglês com não mais que trinta palavras, variações de um mesmo tema, como "crescimento", "consolidação" e "liderança", ligadas a termos como "margens de lucro" e "resultados".

— Mas esse discurso não quer dizer nada — insistiu o empresário ingênuo.

— Pouco importa se faz sentido ou não, o ritual é só um protocolo. O que vai entreter os compradores das ações é a apresentação em PowerPoint preparada por nós. Está vendo esses gráficos interativos?

— Esses números são meio irreais. Minha empresa precisaria ter cem por cento do mercado para crescer desse jeito.

— Não leve tão ao pé da letra. Precisamos mostrar o que eles querem ver, faz parte do show.

Visto dessa maneira, os investidores pareciam idiotas. E, de certa forma, eram, ainda que a maioria fosse muito preparada. Não batíamos à porta da velhinha do Kansas para mostrar as vantagens de se investir em uma produtora de açúcar e etanol no Brasil. A plateia dos nossos shows era formada por gestores de grandes fundos, que até podiam ter entre seus clientes alguma velhinha do Kansas. O desespero deles ao acreditar em qualquer promessa era fruto de uma necessidade de pôr o dinheiro que recebiam da velhinha do Kansas para trabalhar. Qualquer um que lhes oferecesse uma expectativa de rentabilidade razoável era bem-vindo.

Pela primeira vez desde que começara a carreira no mercado financeiro via o dinheiro passar de verdade pelas minhas mãos. Em pouco tempo minha área rivalizaria com a tesouraria como a mais rentável do BIG, algo inimaginável alguns meses antes. Assistir às cerimônias de lançamento das ações das empresas na Bolsa tornou-se um ritual quase sagrado para mim. A fama do BIG se misturava à de seus sócios e crescia na proporção do assédio sobre eles. Além da imprensa dita especializada, um sem-número de supostos admiradores, puxa-sacos em busca de um emprego ou favor, nos cercava em qualquer evento público.

Precisei, então, mudar a minha postura com os jornalistas. A CVM, órgão do governo responsável por nos fiscalizar, proibia qualquer manifestação dos participantes durante uma oferta de ações, conhecido como "período de silêncio". Uma declaração minha publicada em um jornal de bairro seria o suficiente para a CVM suspender o negócio, daí o receio de uma perda milionária cuja fatura pesaria no meu bônus e mancharia a reputação do banco. A lei do silêncio era vista como uma forma de proteger o pequeno investidor e não influenciá-lo na decisão de aplicar suas escassas economias no arriscado mercado de ações, ainda mais de uma empresa estreante. Na prática, no entanto, a medida provocava uma disparidade nas informações, pois nos *road shows*, longe da vista da CVM, falávamos tudo e mais um pouco sobre a empresa que tentávamos vender.

Para manter a posição de orgulho da família, decidi compensar a perda da condição de subcelebridade nos noticiários com a compra de todo tipo de bugigangas e aparatos tecnológicos para presentear a todos na chegada das viagens. Como muitas vezes engatava sucessivas turnês internacionais, chegava à casa de meus pais com o porta-malas do carro lotado. Se não era possível comprar a admiração deles perante o meu sucesso, ao menos tentava demonstrar de forma material os dividendos do trabalho.

— Você está ganhando dinheiro, e isso é bom. Mas onde isso vai parar? — questionou meu pai, enquanto dávamos uma volta pela vizinhança, longe das mulheres.

— Se eu parar ou diminuir o ritmo, alguém logo ocupa o meu lugar.

— Aposto que você arruma outro emprego muito fácil.

— Eu agora sou sócio do banco, pai. Mudar de emprego pra quê?

— Pra ficar mais com a família. Ou com a sua mulher — enfatizou, como se aguardasse a pergunta.

— Ora, eu deveria saber onde essa conversa daria! Não acredito que a Valéria reclamou com vocês…

O velho deu alguns passos mais apressados, na tentativa de acabar logo o trajeto.

— Ninguém reclamou de nada. Está na cara que ela está preocupada e insatisfeita com essa condição, você sempre longe.

— Valéria é só minha namorada, não somos casados. Ela pode ir embora a hora que quiser se não estiver gostando. Mas pode ter certeza que ela está acostumada ao bem-bom que o meu dinheiro dá.

Meu pai olhou para mim com ar de reprovação, deu um longo suspiro e não disse mais nada até voltarmos ao ponto inicial, depois de contornarmos o quarteirão plano e sereno, que pouco mudara desde que deixei a casa para estudar na capital. As rugas do velho falavam por ele e demonstravam a insatisfação com a arrogância do filho.

A primeira coisa que desejava fazer assim que entrasse no carro com Valéria era descontar toda a raiva por ela ter envolvido meus pais em nossos problemas como se fossem só meus. Eu precisava de uma brecha mínima para atacar, mas ela sabia como se esquivar das investidas. Passamos a maior parte do caminho de volta calados, como de costume. O ruído comportado do carro importado em alta velocidade e a música de João Gilberto cortavam com dificuldade o ar gelado dentro do veículo. Já estávamos quase no acesso da Marginal quando ela comentou, como se não fosse nada:

— O Caetano também canta essa aí.

O impacto da quebra do silêncio foi como o de uma pedra atirada sobre um lago. As ondas custaram a chegar do lado da margem onde me encontrava, e a mensagem chegou cifrada. Sem compreender a mensagem, virei-me para encará-la, tirando os olhos da estrada pela primeira vez desde o início da viagem.

— A música — ela prosseguiu, sem ousar se virar para mim e apontando para o som do automóvel, que reproduzia "Na baixa do sapateiro". — Eu quase não reconheci essa versão instrumental.

— Em primeiro lugar, não se trata de uma versão — corrigi. — O que João Gilberto faz é uma implosão da canção, para reconstruir em uma nova estrutura, mínima, até sem palavras, se for o caso. Entende a diferença? — eu perguntei.

— Eu gosto da letra — respondeu, antes de começar a cantarolar: "Na baixa do sapateiro eu encontrei um dia / A morena mais frajola da Bahia...".

— Se a sua intenção é me tirar do sério, está no caminho certo.

— Eu não quero te tirar do sério, quero a sua atenção. Quero que você me ouça como ouve João Gilberto. Ou o Bernardo.

— Não venha meter os dois no meio disso. Já não bastava os meus pais?

— Eu não posso mais resolver a situação sozinha, sempre vai haver alguém entre nós — disse. Ela me encarou em seguida, abaixou os olhos e tornou a ficar quieta, talvez na espera de que eu dissesse algo. Mas antes que pudesse reagir, ela desferiu o golpe definitivo.

— Rodrigo, eu estou grávida.

8
hô-ba-la-lá

Nova York, novembro de 2005
Saldo: R$ 1.812.000,00

Se o trabalho no mercado financeiro fosse uma modalidade olímpica, seria difícil encontrar alguém que passasse no exame antidoping. Do jeito que nos encontrávamos naqueles dias de sucessivas ofertas de ações, não havia como ficar de pé sem uma ajuda da medicina e outros meios menos ortodoxos. Graças à mágica do fuso horário, cheguei a trabalhar vinte e sete horas em um único dia em teleconferências com investidores de várias partes do globo, um feito que deixou meus colegas loucos de inveja.

A notícia de que seria pai foi um bom pretexto para mergulhar mais no trabalho. Graças ao descuido de Valéria, os planos de aposentadoria precoce teriam de ser adiados. Meus cálculos não incluíam a concepção de um filho, não enquanto ainda acumulava o patrimônio que pretendia torrar ao longo da vida. Agora, era preciso colocar na conta gastos com educação, saúde, comida, babás, viagens e tudo o mais que uma criança precisaria para me incomodar o mínimo possível. Isso sem falar na herança que teria de deixar para que ela também pudesse viver com um mínimo de conforto, o suficiente ao menos para arcar com as despesas de um psiquiatra a quem confessar os traumas por ter um pai ausente.

Como um homem honrado, decidi assumir a criança e me casar com Valéria. Por recomendação do advogado contratado por mim, cujos honorários eram quase tão caros quanto a perda da qual tentava me proteger em caso de um possível divórcio, nossa união conjugal foi celebrada em regime de separação total de bens e com base em um contrato pré-nupcial de algumas dezenas de páginas. Contrariada, Valéria rubricou todas as vias sem ler, em um gesto que poderia ser interpretado tanto como romantismo ou astúcia. Ela devia saber que não haveria documento no mundo capaz de me livrar de uma generosa pensão para a criança. Ao mesmo tempo, o casamento foi um pretexto para reorganizar as minhas finanças. O primeiro procedimento foi mandar meu dinheiro para o exterior, em uma das muitas contas mantidas pelo BIG em paraísos fiscais. Tirei todos os bens do meu nome e, para fins de imposto de renda, registrava um salário compatível apenas com o pagamento do aluguel de um apartamento de luxo em um bairro nobre e dos impostos absurdos sobre o carro importado que dirigia naquela época. Até minha participação societária no banco estava registrada em uma empresa de fachada com sede nas Bahamas.

Acompanhei a evolução da gravidez de Valéria de longe, a ponto de me surpreender algumas vezes com o tamanho da barriga. Mesmo quando não estava em viagem, chegava tarde em casa, enforcado no processo de algum novo IPO ou com alguma estagiária em um motel de luxo. Conforme o BIG expandia seus tentáculos, um contingente maior de mulheres invadia nosso espaço. A sagrada mesa da tesouraria e a sala de operações da corretora continuavam dominadas por homens, mas áreas adjacentes ou inofensivas como recursos humanos, jurídico, administrativo, além da área de pesquisa de ações comandada por mim, ganhavam um toque feminino. A convivência mais próxima mostrou-se fatal para um carente, jovem e promissor executivo das finanças como eu. Ao rememorar os acontecimentos do lado de fora e de longe, tudo aparentava transcorrer de forma tão natural que parecia inevitável. De uma conversa inocente na copa ou uma troca de olhares pelos corredores podia surgir a senha para uma aproximação mais íntima semanas, dias ou mesmo horas depois. Na falta de tempo para arrastar as acompanhantes mais assíduas a um local mais reservado, as inabitadas escadarias dos andares mais altos do prédio se prestavam ao papel.

Vale dizer que, pelo menos aparentemente, um dos critérios para a seleção de mulheres no BIG era a beleza. Talvez isso importasse mais que o curso universitário ou de onde tinha vindo o diploma. Não havia a menor chance de alguma delas ocupar algum cargo estratégico. Estávamos mais preocupados se os seios das candidatas a uma vaga na equipe eram verdadeiros e como faziam para manter a forma. Com sorte e muita dedicação na academia e na dieta, podiam chegar até os trinta anos empregadas no banco e, assim, garantir um bom pé de meia. A maioria não suportava a rotina de assédio moral e sexual e processava o BIG logo após o pedido de demissão. O departamento jurídico foi orientado a sempre fechar acordos, não importasse as chances de vitória na Justiça do trabalho. Para garantir que a minha fama sexual fosse compatível com a profissional, passei a fazer uso de remédios para impotência. Não que precisasse de verdade. Com vinte e sete anos recém-completados, estava no auge da virilidade. As maravilhosas pílulas azuis atuavam mais como um seguro, e, sob o efeito delas, era capaz de transar até dormindo, como chegou a acontecer algumas vezes em noites menos inspiradas com Valéria depois de uma maratona de trabalho no banco. O Viagra também me serviu como rito de iniciação ao mundo das drogas corporativas. Havia todo um circuito de fornecedores dos mais variados tipos de estimulantes para executivos da região da Faria Lima, o tipo de gente que precisava parecer bonita e saudável nos raros momentos de lazer espremidos em meio a uma rotina massacrante. Pois sustentar uma vida pessoal feliz e promissora de fachada era ainda mais difícil do que o estresse do trabalho. E não havia nada em que não fôssemos melhores do que em competir, principalmente em nos revelarmos melhores que o vizinho, fosse no trabalho, em casa ou no clube.

— Assim vai acabar com uma úlcera, mano — disse um dos garotos do setor administrativo ao me ver no café para a sétima xícara do dia. Eu era capaz de jurar que ele nada mais fazia no banco além de acompanhar o trânsito nas imediações da copa e da máquina de café. Como aprendi em seguida, pela importância da função para o funcionamento do escritório, ele podia até reivindicar a condição de sócio.

— Prefiro uma úlcera a babar de sono em cima do teclado.

— Tem uma paradinha muito melhor que cafeína pra ficar ligado. O pessoal da operação todo tá na onda — ele disse.

Foi fácil confirmar a versão com Hugo, um dos mais fiéis clientes do traficante. Ele custou a acreditar que eu não conhecia o esquema e chegou a pensar que eu estivesse testando o silêncio dele. A mania de perseguição do meu amigo estava em uma fase aguda naqueles tempos. Por mais que se valesse dos serviços do garoto do café e permanecesse por intermináveis horas sobre a mesa de operação, ele parou de progredir na hierarquia do banco. O mercado de câmbio deixara de ser um grande negócio desde que o dólar começou a cair e não parou mais. De sorte que não era necessário ser muito esperto para prever o movimento da moeda e ganhar dinheiro com isso. Da imponente equipe que chegou a comandar, restava apenas ele, isolado em um canto da mesa de operações, fechando negócios burocráticos grudado em três linhas telefônicas ao mesmo tempo, na tentativa de obter um bônus um pouco menos minguado com o máximo possível de negócios. Tinha um aspecto cansado, como se estivesse há três décadas – e não há três anos – no banco. Se não tivesse convivido todo esse tempo com ele, não o reconheceria se o encontrasse na rua.

Hugo creditava a fase de decadência a um suposto preconceito dos chefes. Se era mesmo verdade, não sei. Os primeiros boatos sobre a orientação sexual do operador-chefe de câmbio da tesouraria do BIG começaram a circular pela mesa, vindos de outras mesas com a velocidade e o sigilo que costumavam orientar todos os rumores com os quais lidávamos de forma rotineira. Ele jamais confirmou, tampouco manteve o esforço nas aparências. E nem precisava. Depois que o professor se cansou da vida dentro do armário e o largou, parecia ter desistido de vez de qualquer tipo de paixão. Falava mal de tudo, principalmente de Bernardo, a quem culpava pelas ilusões perdidas de glória no mercado financeiro.

— Ele me colocou nessa geladeira, o filho da puta — ele disse, sem tirar os telefones de perto de si.

— Fala baixo — sussurrei. Nos últimos tempos, pegava mal ser visto perto dele. — Vocês nunca se deram bem.

— Você sabe por que ele não me demite? — questionou.

— Talvez porque você seja bom no que faz — tentei dar força.

— Não. Eu sei o segredo dele. Todos aqui na mesa sabem. Não é à toa que isso aqui ainda é o lugar mais lucrativo do banco.

Bernardo sempre dera atenção especial à tesouraria, área na qual fez carreira até tomar o controle do banco. Foi sempre de lá que se ganhou e perdeu dinheiro. Outros negócios, como o de mercado de capitais, dependiam de todo um ambiente econômico positivo para dar certo, enquanto as apostas da equipe que cuidava do patrimônio do banco podiam ser sempre ganhadoras. E Bernardo, de uns tempos para cá, ganhava sempre. Mesmo a certa distância do dia a dia das operações, aparecia com frequência para dar ordens de compra e venda, com base em "leituras" que fazia dos mercados.

— São boatos, ninguém tem como provar — falei.

— Eu já vi. Ele tem contatos quentes, muito quentes. Pode ter certeza de que alguém em Brasília está levando bônus bem gordos pelas dicas que dá — ele disse.

Hugo falava sobre negociar com o uso de informação privilegiada. Um crime que todos cometíamos em certa escala, até como forma de sobrevivência nesse mar cheio de tubarões. Se no começo da carreira me valia de números do balanço das empresas que analisava em primeira mão, como chefe da área de mercado de capitais precisava de contatos para saber o que meus concorrentes faziam e o que podia fazer para atrapalhá-los no que quer que fosse. Foi assim que convenci uma empresa prestes a fechar uma venda para uma concorrente estrangeira a desistir do negócio e partir para uma abertura de capital na Bolsa. Em seis meses, as ações valiam quase trinta porcento a mais do que o valor pelo qual estavam dispostos a vender a empresa.

A acusação contra Bernardo, no entanto, era muito mais grave que meus pecadinhos corporativos. Hugo falava em suborno a funcionários do governo, talvez políticos, em troca de informações. Um contato no Banco Central podia render uma pista sobre a taxa de juros. Uma dica da Receita sobre uma autuação a uma empresa era a senha para um negócio na Bolsa. Enfim, as possibilidades eram tantas que era difícil não imaginar que não só ele como quase todos os banqueiros tinham contatos nos anexos de palácios e ministérios.

Por mais que pudéssemos trapacear, o jogo do mercado exigia que nos mantivéssemos ligados o máximo possível. A concorrência não demorou a entrar no ramo de ofertas de ações, e, para acabar com a nossa hegemonia, derrubou o preço das comissões. Como resultado, as empresas "fáceis" de vender aos investidores não rendiam mais quase nada. O jeito era ir atrás de negócios menos óbvios e aumentar os esforços de persuasão com promessas de lucro cada vez maiores e irreais. Para ajudar nesse trabalho, passei a ser acompanhado nas viagens e reuniões por alguma trainee gostosa da área de vendas, cujo trabalho era enfeitar a mesa para distrair os clientes enquanto assinavam os cheques. Além de mudar o alvo, decidimos acelerar a linha de produção para empurrar goela abaixo do mercado o maior número possível de empresas.

Até descobrir as drogas, passei um bom tempo intrigado sem saber como meus colegas resistiam a uma rotina tão extenuante sem demonstrar cansaço. Por mais que me esforçasse, era difícil me manter em plena faculdade dos sentidos com uma média de quatro horas diárias de sono. A mistura de fusos horários, idiomas e assuntos com os quais tinha de lidar só não me deixaram louco porque a consulta ao crescente saldo bancário funcionava como um eletrochoque de entusiasmo, uma terapia intensiva para os meus fatigados, porém ambiciosos, nervos.

Mas o pacote de falsa felicidade não seria completo se não conseguíssemos manter uma vida nos raros momentos de folga, ou ao menos fingir uma. Como criatividade não era nosso forte, era comum encontrar vários sócios do banco no clube de tênis aos sábados pela manhã. No começo, era quase impossível manter o ritmo deles. Depois de dois ou três serviços no saque sentia-me esgotado, enquanto os demais mantinham um vigor invejável, mesmo algumas vezes saindo do trabalho direto para a quadra. Foi muito depois que notei algumas características comuns a todos eles: os olhos fixos e avermelhados, o nariz incomodado e uma euforia fora do comum, como se cada ponto na partida valesse um *grand slam*. Quando comecei a me valer dos serviços do nosso traficante, pude constatar na pele todos os efeitos, que incluíam ainda alucinações leves, taquicardia e dormência muscular.

Nas primeiras semanas, a cocaína me ajudou a triplicar a produtividade. Bastava aspirar uma carreira rapidamente no banheiro, usando o notebook como base, pouco antes de uma reunião, para suportar horas ininterruptas de trabalho sem parar sequer para comer. Meu procedimento não era nem um pouco original. Era possível notar que os computadores de vários colegas exibiam trilhas embranquecidas como cicatrizes expostas do consumo desenfreado do estimulante. Para me abastecer durante as viagens e não correr o risco de ser flagrado por cão farejador em algum aeroporto, precisei arrumar um fornecedor em Nova York, com conexões nas outras cidades por onde passava o nosso *road show*. Eu, que sempre evitei as drogas durante a faculdade justamente por falta de uma utilidade prática, fiquei maravilhado com os efeitos imediatos no trabalho.

Em pouco tempo, porém, a cocaína passou a me provocar dores de cabeça insuportáveis e crises de depressão nas fases de abstinência. Para ambos os males o nosso traficante já previa a solução, com a prescrição de remédios de tarja preta capazes de nos devolver a alegria de viver e novas doses maiores do milagroso pó branco nas narinas feridas. Não demorou até meus pais e Valéria perceberem que havia algo errado. Quando minhas feições delgadas por natureza começaram a transparecer os ossos e a pele esbranquiçada se tornou quase transparente, eles me obrigaram a procurar um médico. Preparado para esse tipo de situação, o garoto do café logo me providenciou um atestado no qual passava com louvor em todos os testes de saúde.

Era nos jogos de tênis que meus colegas de banco mostravam-se mais chapados. O único que parecia – quando aparecia – sóbrio era Bernardo. Estava quase sempre acompanhado de um dos filhos, com quem jogava de forma descompromissada, mas sempre competitiva. Era raro se misturar com os outros, o contato se resumia a um cumprimento protocolar.

— O que você acha que está fazendo? — ele me questionou, depois de uma partida, no bar do clube. — Você não vai chegar muito longe nesse estado.

Bernardo tinha consciência de onde vinha a nossa fonte de energia. A ficha clínica dos sócios do BIG, que incluía infartos e crises de hipertensão em jovens mal chegados à casa dos trinta anos, não deixava dúvidas sobre as consequências das doses cavalares de cocaína despejadas na corrente sanguínea. Seria inútil negar um diagnóstico escancarado em minha face ruborizada, nas mãos trêmulas e nos batimentos cardíacos que me faziam pulsar por inteiro.

— Pelo menos eu venci um set — consegui dizer, entre goles de energético misturado com isotônico na lanchonete do clube.

— Ganhar um jogo não deveria bastar pra você. Nós estamos aqui para fazer história, para sermos o número um.

— Não entendo a razão do seu papo careta. Por que então mantém um traficante na folha de pagamento?

— A maioria das pessoas precisa de resultados imediatos. Acha que algum deles vai durar muito tempo no banco? — questionou, apontando para uma quadra onde dois executivos trocavam bolas, furiosos. — Eles não passam de um bando de viciados farsantes pagando de banqueiros. Sem um mínimo de compromisso e perseverança não se chega a lugar algum. Achei que você soubesse disso. Eu olho para os caras do banco e penso na turma da bossa nova. No fundo, não passavam de um bando de compositores de quinta e beberrões travestidos de músicos.

— Compositores de quinta? Você está falando de Tom e Vinícius.

— Vinícius era um alcoólatra, que só não se fodeu porque tinha um bom emprego no Itamaraty. E Tom era um gênio perdido até conhecer João Gilberto. Nenhum deles iria muito longe sem a maldita batida do violão, resultado de muito sacrifício, e quase nenhuma droga.

Bernardo gostava de exagerar nas comparações para fazer valer seu ponto de vista. Se Vinícius não passava de um bêbado inspirado, João também se deixou levar pelo vício de sua arte. Eu não me achava qualificado a assumir o posto equivalente a nenhum dos dois no mundo das finanças. Nesse caso, preferia usar a metáfora esportiva e me comparar a um tenista satisfeito por um dia ter dividido a quadra com os maiores e dado algum trabalho a eles.

Não foi difícil largar a consultoria do traficante do BIG. Para mim, as drogas eram, no fundo, apenas uma nova e eficiente forma de encurtar o caminho até o pote de ouro no fim do arco-íris. Se quisesse me drogar de forma eficiente, seria melhor procurar ajuda profissional. Bastou uma rápida consulta à internet para encontrar o que precisava: um novo mundo de drogas para melhorar o desempenho do cérebro, com ganhos de concentração e de memória, estava ao alcance de alguns cliques. Na forma de medicamentos, tinham procedência garantida e eram bem mais discretos do que a cocaína. Em vez de lidar com criminosos, estava agora nas mãos de laboratórios, uma máfia muito mais organizada e confiável. Havia riscos, afinal, a tarja preta sobre as caixas não estava ali só de enfeite. Os efeitos de remédios usados no tratamento de transtornos psicomotores na produtividade de profissionais do mercado financeiro eram questionáveis. Mas o simples prazer de imaginar que levava alguma vantagem desleal sobre meus colegas na disputa por um pedaço maior do bônus no banco compensava eventuais contratempos, como a derrota em uma partida de tênis contra sócios cocainômanos à beira do descontrole. De certa maneira, acabei seguindo o conselho de Bernardo ao me isolar da turma improdutiva da bossa nova.

9
o amor em paz

Nova York, janeiro de 2006
Saldo: R$ 3.100.000,00

O processo de abertura de capital de uma empresa não é muito diferente de uma gestação. Na época eu me considerava mais um obstetra que um banqueiro, ao ajudar os empresários, verdadeiros pais da criança que estava por vir, em toda a preparação necessária para levá-los à Bolsa. Primeiro, fazia um diagnóstico das condições financeiras, do mercado em que a empresa atuava e do potencial de crescimento, como em um exame de ultrassom. Depois, fazia todo o possível para que as ações "nascessem" saudáveis, a um preço atrativo tanto para os donos, que aceitavam vender uma parte do negócio, como para os investidores, que esperavam ver a recém-nascida crescer e lucrar. Minha credibilidade como médico-banqueiro dependia do equilíbrio dessa equação cujo objetivo era fazer todos ganharem dinheiro e ficarem felizes.

Foi assim que assisti ao "parto" de mais de quarenta empresas no tempo em que fui sócio no BIG e também como perdi o nascimento do meu único filho. Seria desonesto culpar Bernardo, a conjuntura de mercado ou o que quer que fosse pela falta. O dono do banco sabia que Valéria daria à luz a qualquer momento e deixou claro que podia mandar outra pessoa para a viagem em meu lugar, apesar do momento delicado pelo qual passávamos. Pela primeira vez encontrávamos sérias dificuldades para colocar de pé uma oferta de ações. Além de ser uma empresa mais complicada, o país passava por escândalos políticos que afetavam a nossa recém-conquistada e ainda vacilante credibilidade. Era o Lula trabalhando pela primeira vez contra nós. Se não desse a cara a bater em pessoa, os investidores ficariam mais desconfiados e pulariam do barco, o que, naquela circunstância, seria como perder a criança e, talvez, a mãe durante o trabalho de parto. Traduzindo para a nossa linguagem, estava em jogo uma comissão de quase trinta milhões. Depois de uma breve reflexão, concluí que teria a vida toda para compensar uma eventual ausência, da qual meu filho sequer se recordaria. Quem sabe um dia ele não ficaria orgulhoso da nobre razão pela qual o pai não pôde aparecer nas fotos na maternidade?

De Valéria eu já não nutria a mesma esperança. Nossa comunicação, que nunca foi das melhores, ficou quase protocolar nos últimos meses de gravidez. Com a criança, os planos de nossa longa viagem ficaram mais distantes. Mas para ela o verdadeiro culpado era o banco, e não a gravidez não planejada.

— Você já tem dinheiro suficiente para viver sem trabalhar pelo resto da vida — ela argumentava.

— Não é tão simples. Nosso patrimônio está formado em ações do BIG. Eu não posso vendê-las do dia pra noite. E, se fizesse isso, quanto você acha que Bernardo pagaria por elas?

— Então por que continua usando o seu bônus para comprar ações se não pode vendê-las?

— O banco vai ser vendido mais cedo ou mais tarde. Quando isso acontecer, vamos faturar muito alto e todo esse trabalho vai mais do que compensar, você vai ver.

A gravidez incutiu em Valéria conceitos antigos, como o de que precisávamos comprar um apartamento, nem que fosse menor e mais afastado de onde vivíamos, quando meu desejo era o oposto. O tal sonho da casa própria ainda não era compatível com o duplex de quatrocentos e quinze metros privativos que acabara de alugar. O lugar contava com uma série de fetiches, incluindo um pequeno deque com piscina no terraço, quadra de tênis no condomínio e cinco vagas na garagem para nossos carros importados e eventuais visitas. Meus pais foram os primeiros a conhecer o novo apartamento, ainda na fase de reforma para a chegada do bebê.

— Nada mal — disse meu pai, ao nos afastarmos das mulheres para curtir a vista da varanda. — O que vai fazer com essa piscina, encher de dinheiro e nadar em cima?

— Não é uma má ideia. Você sabe, eu nunca fui de me importar com luxo.

— Pelo visto agora isso mudou.

— Não. Com o dinheiro que tenho podia levar uma vida de muito mais ostentação. Tudo o que quero é ter uma casa legal, um carro novo. E agora dar conforto para o seu neto.

— Meu neto precisa de um pai, não de conforto.

A provocação poderia dar início a uma grande discussão. Para um funcionário de carreira aposentado como meu pai, o ideal de trabalho era cumprir uma jornada definida, ter um mínimo de direitos garantidos em troca do suficiente para subsistência e uma sobra a ser acumulada durante anos em uma caderneta de poupança para bancar os gastos do filho até ele encontrar um emprego decente. Achei melhor poupar o velho de argumentos que não seriam capazes de convencê-lo. Nem ele nem minha mãe, sempre preocupada com meu estado de saúde e a pouca atenção destinada a Valéria. Não que eles não tivessem certa razão. Havia prometido mudar de atitude depois do nascimento do meu filho. Graças a um novo aparelho celular, era possível, de qualquer lugar, tomar ciência e até resolver ao menos uma parte dos problemas que se avolumavam no banco. Apelidado pelo fabricante de "Blackberry", o aparelho era não só um achado tecnológico como poético. De tanto responder a e-mails e mensagens com minha amora preta, conseguia digitar nas teclas pequeninas com uma velocidade quase igual à do teclado do computador. Após algum tempo, o hábito também me rendeu incuráveis lesões nos tendões dos polegares.

Com a minha presença no *road show*, a oferta de ações da empresa problemática se salvou. Os sócios tocaram a campainha da Bolsa dois dias depois do nascimento do meu filho, que também veio ao mundo saudável. Encontrei o bebê adormecido em um pequeno berço quando entrei no quarto, vindo direto do aeroporto. Na cama ao lado, Valéria surgiu amparada pela mãe, que a ajudava a se sentar sem atingir os pontos da cesárea, feita às pressas porque a criança estava enrolada ao cordão umbilical, conforme soube muito depois.

Não houve muitas palavras entre nós na hora. Dediquei minha total atenção ao pequeno ser vivo encolhido no berço, tão desprotegido em suas feições delicadas, como se o mundo lhe parecesse mais ameaçador sem o pai por perto. Se ele fosse capaz de me entender, eu expressaria na hora o arrependimento por ter ficado longe e garantiria que não voltaria a faltar quando precisasse de mim, mesmo que de fato não precisasse. Talvez por respeitar o momento de aproximação um tanto tardio entre pai e filho, Valéria assistiu à cena em silêncio. Com um gesto, pediu à mãe que me ajudasse a carregá-lo sem derrubar ou avariar alguma peça daquela máquina, tão ou mais frágil que meu aparelho celular novo.

Para mim, equilibrar o doce menino cabeludo em meus braços era uma nova e extraordinária habilidade. Nos dias seguintes aprendi outras, como trocar fralda, dar banho e higienizar o coto que restava do cordão umbilical e que ainda levaria alguns dias para secar e se desprender do corpinho. Além do carinho do bebê, pude desfrutar de parte da caprichosa política de recursos humanos do Banco Internacional Global. Em nome de meus colegas de trabalho, recebemos flores na maternidade com felicitações à família e, dias depois, uma cesta com uma série de produtos para a mãe e o bebê em casa. Na condição de executivo, não precisava me submeter a nenhum tipo de legislação trabalhista e poderia ficar o tempo que quisesse curtindo a vida de pai. A verdade, no entanto, é que não havia muito a fazer. Quando se tem dinheiro, você pode pagar para se livrar de todo o trabalho e preocupação nessa fase.

Ao chegarem em casa, Valéria e o bebê trocaram a atenção dispensada no hospital pelos cuidados de uma enfermeira e da babá contratadas para nos ajudar a lidar com todos os receios de pais de primeira viagem. Com o passar dos dias, a empolgação típica da situação deu lugar a um cansaço, uma espécie de abstinência do trabalho, aplacada apenas pelo uso constante do Blackberry, fosse em alguma ligação ou na resposta a um e-mail sobre como andava determinado processo de abertura de capital.

— Por que você não volta logo a trabalhar? — questionou Valéria, em uma clara demonstração de ciúmes de minha amora de estimação.

— Escute, Valéria. Sei que não tenho sido um cara muito presente nos últimos tempos e que você não vai me perdoar por não ter ficado com você na hora do parto. Mas quero compensar a minha ausência agora, passando uns dias a mais com o nosso filho. E com você...

— Você pode estar aqui, mas a sua cabeça está longe, como sempre — ela disse.

— Eu não consigo me desligar por completo. São muitas responsabilidades.

— Consegue, sim. É simples — ela disse, antes de me tomar o Blackberry.

— Não faça nenhuma bobagem, o aparelho é do banco.

— E o filho é seu — falou, largando o celular no sofá sem cumprir a ameaça de atirá-lo para longe. Em seguida me deu as costas e voltou para o quarto do bebê.

Era ridículo e injusto da parte dela fazer qualquer tipo de comparação entre o celular e a criança. Ao menos naquele começo o aparelho tinha muito mais função prática no meu dia a dia e quase não dava trabalho. O único cuidado específico era com a recarga da bateria, algo equivalente a uma troca de fraldas, sem o inconveniente da sujeira. E para fazê-lo dormir, bastava apertar um botão.

Pelo menos durante as visitas em casa, tentava me esforçar mais para representar o papel de bom pai que todos esperavam. Valéria também seguia o protocolo e fingia ter orgulho do marido trabalhador, que não pôde estar com ela no momento do nascimento, mas nem por isso se mostrou menos dedicado e carinhoso. Apareceram várias amigas dela dos tempos de faculdade, algumas das quais com quem também flertei na época. Imagino a inveja que sentiram ao ver Valéria casada com um jovem executivo rico e bonito, uma evolução e tanto se comparado com o despreocupado estudante de engenharia de anos atrás. Nossas famílias também ficaram impressionadas com o apartamento para onde nos mudamos e com o nosso padrão de vida. Até as tias mais chatas se tornaram doces bajuladoras do sobrinho bem-sucedido. Os colegas do banco, justamente para quem eu mais desejava me gabar, não se dignaram a aparecer, nem mesmo Hugo.

A única visita que recebi pelo nascimento do meu filho foi de Rafael, meu antigo companheiro de república estudantil. Ele soube por uma amiga de Valéria e me enviou um e-mail com felicitações. No dia seguinte, bateu à porta com um ramalhete de flores em uma mão e uma caixa de charutos na outra. Não fosse a calvície mais pronunciada e alguns quilos a mais, nada havia mudado nele, nem mesmo o jeito formal e fora de moda típico de um engenheiro civil que ousou seguir na profissão. Regados a alguns dos melhores vinhos de minha adega particular, fumamos e conversamos por horas sobre histórias da faculdade e o destino de alguns de nossos colegas. Rafael foi um dos poucos a não tentar uma carreira em alguma grande empreiteira, enveredar-se no mercado financeiro ou prestar concurso público.

— Então, está pronto para aceitar o meu convite e começar uma carreira no BIG? — questionei.

— Quem devia mudar de lado é você. Os tempos mudaram. As construtoras entraram em uma nova fase e os investimentos estão chegando, finalmente. Já reparou em como vêm aumentando nos jornais os anúncios de novos condomínios?

Conforme me explicou, a volta dos lançamentos imobiliários tinha a ver com um pequeno pacote de medidas do governo que deu mais segurança para os bancos financiarem quem quisesse comprar uma casa própria. O milagre do crédito ampliava a demanda por imóveis e, por tabela, os preços e os lucros das construtoras, sem falar nos bancos, os grandes responsáveis por tornar possível a felicidade geral da nação.

— É como a corrida do ouro — ele prosseguiu. — Estamos falando de um mercado que passou quase duas décadas parado enquanto a população explodiu! Quem sair na frente vai ganhar muito dinheiro.

— Você fala mais como banqueiro do que como engenheiro — afirmei, com conhecimento de causa.

— Quando se vê um mundo de oportunidades como esse, fica difícil pensar diferente. Ou você acha que eu quero trabalhar a vida toda para enriquecer os outros?

Rafael tinha a animação de quem gostava do que fazia combinada a um exagero na bebida. Já era madrugada e Valéria vez ou outra surgia com nosso filho no colo, na tentativa de fazê-lo dormir e como um sinal de que a atrapalhávamos na tarefa. Meu amigo também entendeu o recado e logo se despediu, com a costumeira promessa de manter o contato.

Quem acabou tomando a iniciativa de procurá-lo fui eu, na tentativa de entender melhor como funcionava o setor imobiliário e como fazer para ganhar dinheiro. Primeiro imaginei que o BIG poderia atuar no financiamento das incorporadoras e dos mutuários. Era um nicho sem dúvida promissor, mas para isso teríamos de enfrentar os grandes bancos comerciais, que já haviam se preparado e estavam muito melhor aparelhados e com recursos do que nós. Talvez fosse melhor atacar por outra frente. Reuni a equipe que cuidava das ofertas de ações para ir atrás de construtoras em condições de abrir o capital na Bolsa. Em pouco tempo me trouxeram uma lista de cinquenta nomes, dos quais boa parte já havia recebido visitas de um de nossos concorrentes. O

IPO dessas empresas nos traria uma boa receita, mas ainda era possível ganhar mais, muito mais, se déssemos um passo mais adiante.

— Em vez de vender as ações de uma construtora para investidores, por que não compramos nós mesmos? — propus em uma apresentação para os principais sócios do BIG.

— Podemos fazer os dois — disse Bernardo, em um sinal de aprovação ao projeto. — Em quanto tempo podemos estruturar isso?

— Antes de tudo, precisamos reunir dinheiro em uma empresa controlada por nós para comprar uma participação em uma incorporadora. Penso que podemos fazer isso em pouco tempo — expliquei.

— E por que comprar uma mísera construtora? Melhor comprar logo cinco ou dez delas — disparou.

Bernardo contou que a ideia de investir o dinheiro do banco na compra de empresas era antiga e já estava em prática. Para implementar o plano, o BIG criaria um fundo com dinheiro dos sócios e de clientes. O objetivo era o mesmo de qualquer investidor de ações: comprar o mais barato possível e vender no futuro com o máximo de lucro. Nossa aposta era que, se encontrássemos empresas que ainda não estivessem na Bolsa, poderíamos comprá-las ainda mais barato e, assim, lucrar muito mais.

O projeto só teve o voto contrário de Vendano. Não porque não achasse a ideia lucrativa, mas por encarar a compra de empresas como um desvio na missão do banco. Nossa missão era encontrar os compradores ou vendedores e cobrar uma generosa comissão por esse trabalho. Não haveria um conflito de interesses se passássemos a competir com nossos clientes pelas mesmas oportunidades?

Tentei não dar ouvidos ao dilema ético e aderi com todas as forças de meu bônus no fundo de empresas do BIG. Em pouco tempo, eu, que sequer tinha apartamento próprio, me tornei dono indireto de uma *holding* de incorporadoras imobiliárias. Um dos primeiros alvos foi a ultrapassada firma onde meu amigo Rafael trabalhava. Por minha indicação, defenestramos toda a diretoria tão logo assumimos o comando e o colocamos como um dos executivos responsáveis. O fundo também adquiriu empresas de outros setores – a ordem era diversificar – tentando levar a cada uma delas a filosofia do banco; de trabalho quase escravo recompensado com gratificações generosas calibradas pelo resultado. Imaginei que, depois do reencontro com o nascimento do meu filho e dos negócios em conjunto, Rafael e eu voltaríamos a nos aproximar. Mas o que aconteceu foi que, pouco mais de um ano depois de assumir a diretoria da construtora comprada pelo BIG, meu amigo sacou o bônus milionário ao qual tinha direito e tornou a sumir no mundo. Justamente o meu plano.

Àquela altura, porém, a última coisa que me passava pela cabeça era pular do barco. Para mim, tão importante quanto o retorno financeiro que o fundo poderia dar – e eu não tinha dúvidas de que daria muito retorno – era a sensação de fazer a minha parte para melhorar o país, com uma participação bem maior que a média. Ao aplicar dinheiro em empresas e torná-las mais produtivas e lucrativas, o BIG ajudava a criar empregos e a desenvolver a economia.

Sempre havia aqueles que não se convenciam com meu discurso de prosperidade. Era o caso do meu pai. Na mentalidade obsoleta dele, bancos eram apenas um mal necessário, para os quais não se podia dar muito espaço.

— O que há de errado em ganhar dinheiro? — perguntei, em um de nossos muitos duelos verbais.

— Nada. O errado é não medir esforços para ganhar dinheiro. Hoje vocês ganham investindo no país. Amanhã, se a maré virar, não vão hesitar em tirar tudo daqui.

— Isso não vai acontecer, justamente porque estamos ajudando o país.

Não era por acaso que o banco tirava do comando os donos das empresas que comprava. Eram pessoas como meu pai, gente boa e trabalhadora, porém habituadas a viver em um país diferente, quase sempre em crise, e onde cada um precisava fazer de tudo, inclusive levar vantagem sobre os outros, para tentar preservar sua parte. Predomina a ideia entre os velhos, comunistas ou conservadores, de que banqueiros como nós somos meros exploradores. Sim, somos gananciosos, mas o desejo de melhorar de vida não pode ser visto como um defeito. Se podíamos ganhar dinheiro e, ao mesmo tempo, ajudar empresas a criar novos empregos e movimentar a economia, não deveríamos mais aceitar o rótulo de vilões. Pelo bem que proporcionava, meu trabalho tinha uma finalidade inclusive social. Eu deveria ser idolatrado, reconhecido pelas pessoas nas ruas – muito embora eu não saísse mais às ruas, pelo menos não fora de um carro com vidros escurecidos e blindados.

O dinheiro, portanto, não passava de uma forma de gratidão inconsciente, a qual eu aceitava de bom grado. Se meus pais não eram capazes de compreender a importância do BIG e de profissionais como eu, comprometidos com o país, meu filho não cometeria o mesmo erro. Muitos anos depois, toda vez que ele checasse o extrato bancário haveria de se lembrar do pai de uma maneira no mínimo honrosa.

parte II
fins

10
Maria Ninguém

São Paulo, julho de 2010
Saldo: R$ -287.000,00

A queda foi rápida. Ou pelo menos foi essa a impressão ao me ver preso na caixa de metal que me transportava de volta ao andar térreo. Para quem se preparara durante meses para uma batalha de proporções épicas, aceitar passivamente um acordo de paz sem que se houvesse derramado sequer uma gota de sangue, sua ou do inimigo, não deixava de ser uma derrota. Alguns minutos antes, os mesmos números do elevador, em contagem ascendente em direção ao décimo terceiro andar do prédio, não muito distante do lugar onde passei a maior parte de meus dias nos últimos anos, passaram por mim de forma muito mais lenta. Como se sentisse o peso excessivo da tensão que carregava.

Depois de ser expurgado do banco ao qual dedicara o melhor e, principalmente, o pior de mim, decidi tomar a única atitude esperada de um homem de bem em tempos de sobriedade: processei meu antigo sócio. Pelos meses de humilhação que culminaram na minha saída forçada e pela forma enganosa como diluíram minha participação acionária, entrei com um pedido de indenização milionária contra o banco.

A disputa para reaver ao menos parte do que achava meu por direito passaria longe dos tribunais. Havia muito dinheiro envolvido para deixar a decisão nas mãos de juízes que mal sabiam fazer contas e concediam liminares a qualquer um que tropeçasse em frente à sede do banco e se sentisse lesado. A partir de uma decisão judicial, qualquer estagiário com uma senha de computador era capaz de bloquear as contas bancárias de qualquer pessoa, até mesmo de Bernardo, que para todos os efeitos estava acima do bem e do mal.

Quanto mais distância dos amadores da Justiça, melhor. As brigas envolvendo os sócios do BIG eram tratadas em um foro mais específico, conhecido como Câmara de Arbitragem, onde o veredicto era dado por especialistas no assunto financeiro e legal. Não cabia recurso da decisão tomada pelos árbitros designados pelas partes, o que acelerava o processo.

Da ampla sala de reuniões, gélida tanto do ar-condicionado como do clima entre os presentes, era possível ver pelo menos meia dúzia de prédios em construção na região da Faria Lima. Bancos, corretoras, gestoras de recursos e prestadores de serviços diversos ligados ao mercado financeiro, nacionais e estrangeiros, pagavam fortunas pelo metro quadrado na vizinhança que se tornara o retrato da ostentação e breguice dos novos ricos brasileiros.

O modelo de desenvolvimento do país foi estampado na capa da revista britânica *The Economist*, o suprassumo da imprensa financeira, com a imagem do Cristo Redentor decolando do morro do Corcovado como um foguete. Poucos se deram conta de que, na verdade, o Cristo estava em fuga do país.

Do meu lado, não havia muito como escapar. Para sustentar um padrão de vida mínimo e honrar com os compromissos enquanto não recebia o que achava meu por direito, precisei me endividar na praça, mais precisamente nos bancos comerciais. Nada muito difícil para quem sempre exibiu saldos generosos na conta e estava disposto a aceitar juros escorchantes nos empréstimos. Ao contrário, nunca fui tão bem-tratado pelos gerentes e funcionários como na época em que devia aos bancos. Conhecedor da filosofia financeira, sabia que, se era para me enforcar, havia de ser com estilo. Como devia muito, o receio de um calote era tão grande que ninguém desejava se indispor comigo. Não que meus gostos fossem muito refinados. Dos tempos de glória, restou-me apenas a velha BMW amarela, agora ainda mais desvalorizada.

A maior parte do empréstimo sacado nos bancos foi parar na conta das pessoas sentadas ao meu lado na sala da Câmara de Arbitragem: os advogados que trabalhavam no meu caso. Qualquer que fosse o resultado da pendenga, eles seriam os grandes vencedores. Pagos por hora com taxímetros ligados em bandeira dois mil, meus defensores eram alquimistas inigualáveis na arte de transformar tempo em ouro.

— E o que pretende fazer com a indenização, mergulhar com ela na piscina? — perguntou minha advogada, uma mulher tão bela quanto arrogante, do tipo que qualquer homem daria a vida por uma noite de sexo.

— Aquela reportagem é uma falácia — menti. — Quando acabarmos com Bernardo, vamos processar aquela jornalista.

— Não me importa — ela disse ao meu ouvido, para que o outro lado não pudesse nos ouvir. — É tudo uma questão de dinheiro, simples assim. Nada de partir para uma *vendetta* pessoal contra o seu ex-sócio, entendeu?

Fiz que sim com a cabeça, quase soltando um gemido de prazer ao sentir o suor das palavras da advogada me gelando a espinha. Ela conhecia bem minhas motivações. Para mim, o dinheiro era apenas uma forma de atingir Bernardo, a única arma da qual dispunha naquele momento.

Com destaque para o valor da causa, estimada em mais de cem milhões, a jornalista Bianca Siqueira publicou uma reportagem com grande repercussão no *Jornal Econômico* sobre o processo movido contra Bernardo pelo ex-sócio. Como o rito de arbitragem envolvia cláusulas de confidencialidade, todas as informações foram obtidas com fontes que pediram para não ser identificadas. Claro que ela não perdeu a oportunidade de revelar alguns podres da vítima, incluindo fetiches de mergulhos em piscinas recheadas de cédulas e moedas. Ainda assim, quem mais perdeu com a exposição pública do caso foi Bernardo. Eu já não tinha mais uma imagem a zelar. Estava fora do jogo depois de ser depenado pela banca da Cassinolândia.

Minhas chances de vencer o processo eram razoáveis. Com certeza menores do que alardeavam meus advogados, ansiosos por levar para si um pedaço da indenização a título de honorários. O que ambas as partes desejavam, embora não admitissem em hipótese alguma, era um acordo que encerrasse a pendenga de forma mais rápida e indolor.

O que diria quando revisse Bernardo mais uma vez frente a frente? Os advogados passaram dias ensaiando comigo o discurso que faria para convencer o júri de como fui passado para trás. Não havia dúvida de que tinha direito a algo, e arrancar o máximo possível de Bernardo era a verdadeira razão por trás de todo o circo jurídico. Qualquer que fosse o resultado, não podia haver castigo pior do que obrigá-lo a me encarar mais uma vez.

Eu devia saber de antemão que ele jamais me daria esse prazer. No lugar de meu desafeto, apenas um funcionário do departamento jurídico representou o banco e a cadeira a minha frente ficou vazia todo o tempo. Questionado pelo árbitro principal se trazia uma proposta de acordo, ele estendeu-me um cheque no valor de três milhões. Foi essa a forma que Bernardo encontrou para dizer o quanto me desprezava, estivesse certo ou não.

Era a única proposta que o banco faria, a qual fui orientado a aceitar. Embora tivesse bons argumentos e a chance de ganho de um valor maior fosse provável, os advogados do banco poderiam usar de artimanhas para protelar o processo até me asfixiar financeiramente. Do ponto em que me encontrava, não seria preciso muito tempo.

A confirmação do acordo quebrou a tensão velada dos dois lados da mesa que dividia os oponentes na sala de reuniões. Tão logo os documentos foram assinados, os presentes começaram a se tratar como velhos conhecidos. Estava na hora de desligar o taxímetro, meu destino havia chegado. Do calor da respiração de minha advogada, tive somente um aperto de mãos protocolar, cúmplice da certeza de que, fossem outras as circunstâncias, poderíamos ir além, em todos os sentidos.

11
valsa
(como são lindos os youguis)

Londres, julho de 2007
Saldo: R$ 14.300.000,00

As últimas composições originais de João Gilberto foram gravadas em 1973, no disco sem título conhecido como *álbum branco*, o mesmo da versão desconstruída de "Águas de março" que ouvi pela primeira vez na casa de Bernardo. São duas peças instrumentais. João desistira de pôr letras próprias muito antes, toda a poesia dele estava concentrada em duas canções lançadas no primeiro disco. No *Álbum branco*, as frases rimadas de "Hô-Ba-Lá-Lá" e "Bim Bom" dão lugar a vocalizações fantasmagóricas e repetições. O fim das composições também deu origem a uma nova fase de isolamento cada vez maior, até o estado de completa abstração. Os discos ficaram mais raros e, em muitos casos, redundantes, ainda que cada interpretação registrasse vestígios de mágica nova.

No BIG, o repertório também dava sinais de esgotamento e não podíamos nos dar ao luxo de parar como um artista na busca constante da obra-prima. Se no começo da onda de IPOs levamos empresas com grande potencial de crescimento e lucros para nossos investidores, depois de três anos o número de candidatas com perfil semelhante era bem menor.

Àquela altura, todas as boas companhias que desejavam abrir o capital já o haviam feito. Sobraram, portanto, dois outros tipos: as boas empresas que não estavam prontas para ir à Bolsa e as ruins. Nosso dever era acelerar o processo de preparação das primeiras e afastar as últimas dos clientes.

Depois de um longo ciclo de alta da Bolsa, as apostas de que tudo continuaria dando certo se tornavam mais arriscadas. O engraçado era que quase todos se mostravam otimistas. Com base em cálculos provavelmente da mesma planilha milagrosa que me salvou nos primeiros tempos, os analistas do BIG projetavam que as ações poderiam dobrar de preço nos próximos dois anos. E se empresas que acumulavam uma alta de trezentos por cento podiam subir ainda mais, o que dizer então das novatas que acabavam de chegar ao mercado?

Com essa crença, nossos clientes, a maioria estrangeiros que pouco conheciam o Brasil e menos ainda as empresas nas quais investiam, se estapeavam para comprar as ações na abertura de capital. Tínhamos total controle sobre o processo. Em primeiro lugar, éramos os responsáveis por definir a faixa de preço das ações em que os investidores deveriam dar seus lances – por exemplo, entre dez e quinze reais. Como em um leilão, quanto maiores fossem os valores, maiores as chances de levar as ações para casa. Mas esse não era o único critério, pelo menos não em teoria. Também éramos nós que decidíamos quanto cada investidor levaria, independente dos lances. A ideia original era formar uma base diversificada para as ações da empresa. Não era interessante que investidores com perfil especulativo ficassem com todos os papéis para vendê-los e provocar uma sangria na Bolsa na primeira dor de barriga. Tampouco era desejável que as ações ficassem somente nas mãos de quem estivesse disposto a segurá-las pelo resto da vida, do contrário não haveria negócios na Bolsa. No mundo ideal, precisávamos de ambos os públicos, mesmo que recebêssemos pedidos de compra por um valor maior de um único grupo. Havia, contudo, um incentivo perverso para que não fizéssemos o trabalho direito, pois quanto maior o preço da ação no IPO, mais dinheiro levaríamos para casa. Não apenas nós, mas também os donos da empresa, que nos pressionavam para ignorar as boas práticas de mercado.

Nossa comissão, portanto, era compatível com a cobrança à qual estávamos expostos e à riqueza que proporcionávamos aos outros. Enquanto todo mundo ganhasse e os tempos fossem de bonança, ninguém repararia nesses e em outros pecadilhos. Agora, se a maré virasse e o transatlântico fosse em direção ao iceberg, a culpa recairia sobre nós. Com a diferença que, ao contrário do resto da tripulação e dos passageiros, pularíamos fora antes de o barco deixar o cais.

Em qualquer investimento, seja em uma simples aplicação na caderneta de poupança ou em uma oferta de ações, o nome do jogo é credibilidade. Se os clientes mostravam-se dispostos a embarcar sem saber ao certo o destino nem quem os conduzia, era porque confiavam no BIG. Banqueiros eram mal vistos em qualquer lugar, e o que dizer de banqueiros vindos de um país de terceiro mundo que acabara de entrar na moda? Para vencer essa resistência, era preciso alguém como eu, um executivo jovem, com raro poder de persuasão na lábia moldada em um inglês perfeito temperado com um discreto sotaque latino. Com o tempo, tornei-me amigo de grandes investidores, responsáveis por administrar bilhões, e que a uma simples indicação colocavam o dinheiro para trabalhar em minhas mãos. Era um risco calculado, pois sabiam que seria um suicídio profissional lhes apresentar ações de uma empresa ruim.

Era uma amizade protocolar, mas que não deixava de ser agradável. Nas frequentes visitas ao exterior, sempre que podia arrumava um tempo para bater papo sobre amenidades, como livros e música. Eu invejava como a maioria de meus clientes, gente do mercado como eu, conciliava trabalho e gostos pessoais, enquanto meus colegas no banco só sabiam falar em como ganhar dinheiro e gastá-lo. Mas como ninguém era de ferro, nunca faltavam fofocas sobre o mercado financeiro nessas conversas de bar de lobby de hotel.

Todos queriam saber mais sobre Bernardo. O principal sócio do BIG se tornara o símbolo do novo capitalismo nacional aos olhos dos gringos, uma espécie de guru espiritual do paraíso tropicalista. Nas raras entrevistas que concedia, as análises otimistas, porém cautelosas, que tecia sobre as economias brasileira e mundial logo se tornavam referência. A credibilidade que conquistávamos e o aumento do interesse estrangeiro no país contribuíam para aumentar a nossa cotação no mercado. Os boatos sobre a venda do banco não paravam de circular e era assunto constante nas conversas informais com investidores. Como sócio minoritário, eu só podia torcer para as negociações terem um final feliz e me tornar um multimilionário. Seria a minha versão particular do roteiro dos donos das empresas que abriam o capital na Bolsa.

Com os rumores de venda do banco cada vez mais quentes, a ordem velada era embelezar a noiva, nem que para isso fosse necessário abrir mão dos poucos princípios éticos aos quais ainda nos reservávamos. Quanto mais inflássemos as receitas, mais atrativo o BIG pareceria aos olhos do potencial comprador. Em muito menos tempo do que eu imaginava, me via enfim curtindo a vida ao lado de uma cada vez mais descrente Valéria e do nosso bebê, a quem via apenas dormindo ou no colo da mãe nas madrugadas em que retornava do trabalho, quando retornava. Havia uma cobrança pessoal por resultados, todos ali sabiam que se tratava de uma oportunidade única, quem sabe a última. Pelos cálculos da rádio corredor, o banco devia valer àquela altura em torno de dois bilhões. Com uma singela participação de aproximadamente três por cento adquirida com os bônus suados dos anos anteriores, levaria sessenta milhões para casa com a venda das minhas ações.

A ideia de maquiar também as empresas que nos contrataram para conduzir o processo de abertura de capital foi de Bernardo. Ele achava que a área de mercado de capitais do BIG poderia ser mais lucrativa e não estava nada satisfeito com o avanço da concorrência. Os bancos tradicionais entraram pesado na disputa pelos negócios e, como já tinham relacionamento com a maior parte das empresas, acabavam levando ou encontrando antes as melhores candidatas a uma oferta de ações. Mas como éramos nós que conhecíamos os clientes no exterior, tinham dificuldades em tocar o processo sem dividir conosco parte da comissão. Precisávamos reagir ou seríamos engolidos assim que não precisassem mais de nós.

Convencer um investidor a se tornar sócio de um negócio do qual jamais ouviu falar não era muito diferente de promover um namoro virtual. O segredo é mostrar uma foto bem bonita da pretendente, o que na língua do mercado financeiro significa um balanço contábil com números vistosos. Os investidores, com certa razão, desejavam aplicar seu precioso dinheiro para fazer a empresa crescer, e não para livrá-la do buraco. Talvez inspirado no contato cada vez mais próximo com políticos em Brasília, a proposta de

Bernardo era taparmos esses buracos, como uma típica obra de período eleitoral.

Não era uma solução inovadora. No mercado americano, o procedimento tem até o apelido carinhoso de *equity kicker*. Não podia haver alcunha melhor, pois a intenção era mesmo chutar aquelas ações o mais longe possível. Havia duas versões básicas do plano. Na primeira, concedíamos um empréstimo aos donos da empresa, a taxas nada generosas e com o compromisso de que todo o dinheiro iria para a companhia. Com sangue novo no balanço moribundo, a empresa se tornava mais atraente aos olhos de quem a enxergasse a partir daquela fotografia. Os números mais ou menos em ordem, somados às perspectivas de crescimento da economia brasileira, eram mais do que suficientes para fazer da oferta de ações um sucesso. O empréstimo era pago com a venda de parte das ações dos donos, a um preço que eles jamais conseguiriam antes do nosso apoio financeiro. Como faturávamos tanto com os juros do empréstimo como na comissão pela venda das ações, o *equity kicker* revelou-se mais lucrativo para o banco que o IPO tradicional.

Havia uma segunda opção, ainda mais rentável, na qual entrávamos como sócios da empresa, em vez de financiar os donos. Ao contrário dos investimentos do fundo do BIG que comprava participações, como na construtora onde meu amigo Rafael trabalhava, não nos tornávamos sócios daquelas companhias por que acreditávamos no negócio. Só investíamos nas ações para vendê-las no IPO com o máximo de lucro no menor tempo possível. Em alguns casos mais que dobramos o investimento em menos de seis meses.

Em nome da amizade com vários dos clientes para quem vendia as ações, no começo fui contra o *equity kicker*. Como convencê-los a levar aquelas tranqueiras para casa? Em mais de uma ocasião, ao ser questionado de maneira informal sobre as ações de uma empresa, revelei a minha opinião sincera, e nem sempre positiva. Claro que a franqueza aflorou apenas em ofertas nas quais participamos como convidados de outros bancos.

— Não podemos levar à Bolsa empresas que não estejam prontas. A reputação do BIG está em jogo — argumentei.

— Quem decide se as empresas estão prontas ou não são os investidores. Eles sabem o que estão fazendo e os riscos envolvidos — disse Bernardo, sem dar muita margem para contestação. Era a primeira vez que discordávamos em algo relevante.

— Usar o dinheiro do IPO que nós mesmos vamos conduzir para pagar um empréstimo feito por nós? Isso não seria um grave conflito de interesses? — falou Vendano, ao meu lado na discussão.

Bernardo reagiu às gargalhadas.

— Conflito de interesses é ter um sócio que não produz nada de útil e ainda quer me dar lições de ética. Quem está torrando o dinheiro do bônus em cocaína e festinhas barulhentas não sou eu. Como acha que vamos sustentar essa sua vida boa?

— O que eu faço fora do banco não é da sua conta.

— Mas sou eu quem pago essa conta.

Constrangido, eu estava quase deixando a sala de reuniões sem ser notado quando Bernardo voltou-se em minha direção.

— E, você, entenda de uma vez: os clientes não são seus amigos. O seu chefe viciado não é seu amigo. Ninguém é seu amigo. A vida é assim, não só no mercado financeiro. Tom não era amigo de João quando o ignorou ao ser convidado pra fazer um disco com o Sinatra. O que todos querem é se dar bem, de preferência às custas dos outros. Tudo o que estamos fazendo é absolutamente legal. Se os investidores se dessem ao trabalho de ler com calma a documentação do IPO, veriam que todas as informações sobre a empresa, inclusive os empréstimos que os donos dela tomaram com a gente, estão lá.

Mais uma vez, Bernardo tinha razão. Ninguém podia dizer que havia sido enganado. As ofertas de ações vinham acompanhadas de um amplo material de divulgação, condensado na figura de um documento chamado prospecto, um calhamaço de mais de quinhentas páginas com tudo o que se sabia – e também o que não se sabia – sobre a empresa em questão. Um observador mais atento encontraria uma seção do prospecto identificada como "Relacionamento entre a companhia, os acionistas e os bancos contratados", na qual constava nossa ligação com as empresas. O prospecto era um incômodo e, ao mesmo tempo, uma garantia de que não seríamos incomodados por processos no futuro.

Embora fosse um documento público e estivesse ao alcance de alguns cliques na internet, somente os iniciados sabiam onde encontrar as pegadinhas do prospecto. Quando as letras miúdas e escritas em um juridiquês inacessível foram traduzidas na manchete do *Jornal Econômico*, me senti como um mágico que tem o truque revelado bem no meio do espetáculo. Todos os investidores a quem visitei naquele dia e nos seguintes do *road show* de mais uma empresa que tentávamos "chutar" para a Bolsa leram a matéria assinada por Bianca Siqueira.

Depois de voltar do exílio argentino e se especializar na cobertura do mundo financeiro, ela se tornara uma das repórteres mais competentes e perigosas da imprensa. Versões mal traduzidas do texto para o inglês chegaram ao meu e-mail, acompanhadas de questionamentos irados de clientes que investiram em outras companhias em situação semelhante. A reportagem fazia um levantamento de todos os *equity kickers*, explicava o mecanismo de uma maneira didática e, pior, calculava o quanto engordamos nossos lucros ao turbinar o balanço das companhias e induzir os investidores a nos dar o dinheiro que deveria ser colocado nas empresas.

É claro que não lidei bem com a situação. Fiquei chocado por ver como meus fiéis clientes podiam dar crédito ao tom sensacionalista com que o jornal lidava com a questão, como se cometêssemos algum crime por querer ganhar mais dinheiro. Depois de tanto dinheiro que os fiz ganhar nos últimos anos, qualquer ressentimento me parecia um insulto. Não era tão difícil ver que nosso trabalho ajudou várias empresas. Bianca desferiu uma agressão gratuita contra um adversário entregue. De forma covarde, ainda teve coragem de escrever que tentou ouvir o "outro lado", mesmo sabendo que não podíamos nos manifestar sem contrariar o período de silêncio.

A revelação do esquema pela imprensa provocou estragos na imagem do banco e na oferta. Precisei me empenhar muito para mostrar que o negócio era lucrativo e que só havíamos dado um empurrãozinho para a abertura de capital. Fiz todo o percurso do *road show* – São Paulo, Rio de Janeiro, Nova York, Boston, Londres – e incluí cidades que visitávamos com menos frequência, em um esforço adicional de encontrar compradores para as ações. Os investidores, no entanto, se mostravam irredutíveis. A um dia do fechamento, tínhamos demanda para apenas metade da oferta e não havia sinais de mudança nesse quadro. Foi preciso reduzir o preço das ações para fechar a operação. E ainda assim precisamos empurrar uma parte para os fundos de clientes que estavam sob a gestão do banco. Se estivéssemos em uma partida de futebol, seria como fazer um gol nos acréscimos e em posição de impedimento.

Da chegada ao aeroporto, parti direto para a sede da Bolsa, palco tradicional das cerimônias que marcavam a estreia das ações no pregão. Eu tinha muitos motivos para não aparecer, do desgaste pela empreitada ao desejo de voltar para casa. Pelos meus cálculos, dormira fora em mais da metade dos dias nos últimos três anos, entre viagens de reuniões e *road shows*, trabalhos acumulados e escapadelas com funcionárias do banco. Durante a viagem de volta, afundei-me na coleção de discos de João Gilberto estocados em meu iPhone, uma maravilha tecnológica recém-lançada que adquiri no lançamento depois de subornar um garoto na frente da loja da Apple na Quinta Avenida. Foi uma sensação exibi-lo no escritório diante de incrédulos colegas de trabalho, ainda de posse de ultrapassados Blackberrys. Com fones de ouvido ultraprecisos conectados ao aparelho e alguma imaginação, era possível me transportar para uma das fileiras do Tokio International Forum Hall, de onde saíra o último registro gravado oficialmente por João. Em alguns momentos chegava a me curvar no assento do avião para ouvir melhor o resquício de voz límpida que ele ainda guardava enquanto acariciava o violão em um compasso um tanto mais cadenciado que o original. Havia uma beleza frágil naquelas canções retrabalhadas, adaptadas ao físico cansado do cantor que as recriara décadas antes. Eu não me imaginava repetindo o ritual de viagens e apresentações a investidores por muito mais tempo. A abertura de capital daquela empresa despreparada devia ser um sinal de que, ao contrário de João, eu não conseguiria me reinventar, e, mesmo se conseguisse, estaria sujeito ao julgamento alheio. E não aparecer na Bolsa para participar da festa da empresa depois de tudo o que passei para levá-la até lá seria apenas oferecer mais munição aos detratores.

Quando entrei no palco, ou melhor, no salão de eventos da Bolsa onde um dia funcionou o famoso pregão, foi impossível não notar o olhar de curiosidade dos presentes em minha direção. Àquela altura eu já conquistara certa reputação como um dos principais executivos responsáveis pelo renascimento do mercado de capitais nacional e por ajudar a vender a imagem de um novo Brasil à comunidade internacional de investidores. A condição de sócio do BIG me revestia de uma aura especial de cara durão, capaz de atropelar concorrentes e até colegas de banco se a comissão em jogo valesse a pena. Ciente do poder que exercia sobre as pessoas, nos últimos tempos restringi minha presença na Bolsa a ocasiões especiais, nas ofertas de ações em que rolava mais dinheiro. Como o IPO da problemática empresa que penamos para colocar de pé não se encaixava nesse quesito, quase ninguém esperava um figurão do banco de investimentos na cerimônia. Com a minha presença, sinalizava que os percalços com a oferta não nos abalou. Em conversas paralelas, sempre em tom sorridente, dei a entender que, mesmo vendendo as ações a um preço abaixo do que gostaríamos, o negócio ainda nos traria um bom lucro. Para os nossos clientes, foi uma oportunidade de se tornarem sócios de uma excelente empresa a um valor ainda mais atrativo.

Deve ter sido frustrante para algumas pessoas como Afonso Pitz, meu primeiro chefe no BIG e agora um reles executivo em uma corretora mequetrefe, testemunhar minha consagração em meio ao que deveria ser uma tragédia. Ensaiei cumprimentá-lo mais de uma vez, mas fiquei com receio de que o gesto pudesse ser interpretado como uma forma de deferência. Se não chegamos a romper quando Vendano decidiu dar a mim o cargo que pertencia a ele, tampouco retomamos o convívio. Enquanto eu evoluía na hierarquia do banco e também no repertório de artimanhas, Pitz se contentava em aplicar os mesmos golpes, com aquele mesmo bigode. Foi assim que se manteve no jogo durante tanto tempo e também após a minha derrocada definitiva.

Outro reencontro, bem menos agradável, ocorreu instantes depois, quando uma mão leve pousou em minhas costas e me puxou para um cumprimento em forma de beijo no rosto.

— Espero que não esteja bravo comigo — disse Bianca, com um sorriso malicioso de criança após uma grave travessura.

— Você sabe que não posso falar nada — me defendi, sob os olhares indiscretos de meus interlocutores, que trataram de se dispersar tão logo pressentiram a encrenca.

— Rodrigo, uma hora alguém publicaria a história do *equity kicker*. Ainda bem que fui eu — ela disse.

— Do jeito que você escreveu, pareceu que estávamos cometendo um crime.

— A interpretação cabe ao leitor. Agora, cá entre nós, você acredita mesmo que essas empresas que vocês estão trazendo para a Bolsa têm algum futuro?

— Quem tem que dizer isso é o mercado. Se você tivesse comprado ações em outubro de 2002, quando recomendamos pela primeira vez, teria multiplicado o seu dinheiro por cinco hoje.

— Você multiplicou o seu muito mais do que isso, não? Virou um zumbi bonitinho — ela riu, revelando os dentes escondidos sob os lábios grossos tingidos de um batom claro.

Em pouco tempo, o clima pesado entre nós desvaneceu e conversávamos como nos velhos tempos. Bianca tinha uma capacidade incrível de me deixar à vontade para revelar os segredos mais íntimos. Antes mesmo do toque da campainha que marcava de forma simbólica o começo do pregão, deixamos o prédio da Bolsa sem alarde em direção ao primeiro hotel barato pelo caminho. Foder a pessoa responsável por me foder durante aquelas semanas me pareceu uma questão de justiça. Não havia razão, contudo, para ficar contra ela, que só fizera o seu trabalho, e muito bem, ao revelar no jornal nossas maracutaias. Foi de Bernardo, e não dela, a ordem de levar de forma intencional empresas de terceira categoria para o mercado, comprometendo a estrada que nós mesmos ajudamos a pavimentar nos últimos anos.

A fuga discreta com Bianca me livrou ainda do constrangimento de assistir aos primeiros negócios com as ações, com uma queda de quase dez por cento. Enquanto fazia as pazes com a impetuosa jornalista no quarto barulhento e mal-ajambrado com vista parcial para a praça da Sé, nada podia me abalar. Não apenas ser como parecer um vencedor era fundamental para quem desejava se manter vivo nesse negócio. Com a garota bonita e o dinheiro nas mãos, ninguém haveria de me contestar.

12
brigas, nunca mais

São Paulo, julho de 2007
Saldo: R$ 15.150.000,00

Ser chamado ao trabalho durante os raros momentos de lazer não devia ser motivo de orgulho. No meu caso, é bem verdade, eram os momentos de lazer que se interpunham ao trabalho. A consulta ao aparelho celular em busca de mensagens ou de atualizações de notícias financeiras ao redor do mundo que pudessem influir nos mercados tornou-se um vício inerente. Mas, quando o aparelho anunciou a chamada de Bernardo, foi como uma bênção. Estava à espera da primeira desculpa para me livrar do compromisso, e, quando revelei que recebera uma convocação para uma reunião em São Paulo em pleno feriado, meu pai ameaçou um gesto de contrariedade, para em seguida se conformar.

Pouco antes ele havia me repreendido pelo comportamento esnobe diante da família e dos amigos. O velho preparava seu tradicional churrasco no amplo quintal nos fundos da casa dele, para o qual chamava os mesmos chatos de sempre, pessoas com quem compartilhava não mais que um distante vínculo de sangue. Desde criança fui obrigado a tolerar as mesmas brincadeiras sem graça de meus tios. Nos últimos anos, as lembranças de como reagia às brincadeiras sem graça passaram a ser a principal diversão deles na minha presença. No roteiro de humilhações dos adultos agora envelhecidos, um dos grandes momentos era a comparação entre os primos. Como não havia um parâmetro confiável para averiguar nossas competências e meus pais nunca foram muito bons no marketing do próprio filho, sempre alguém se mostrava mais forte ou esperto do que eu.

Foi assim até os anos da faculdade, quando os fatos se sobrepuseram. Nenhum de meus primos desleixados faria frente ao jovem engenheiro, fluente em vários idiomas, formado em uma das mais prestigiadas e concorridas faculdades do país. E o que dizer do milionário executivo do mercado financeiro, que depois de uma carreira meteórica se tornara sócio do principal banco de investimentos brasileiro? Sob qualquer métrica, uma comparação seria no mínimo covarde. Exceto na torta visão de mundo da minha família. Toda vez que tentava falar sobre meu trabalho era interrompido com algum comentário idiota sobre o mercado financeiro, com a profundidade de quem tinha como principal referência alguma reportagem do telejornal noturno.

— Não dá muita trela pro Rodrigo, não — disse meu pai a um dos meus tios. — Ele ainda vai te fazer perder todo o dinheiro nessa Bolsa de Valores.

Nesse momento, o meu primo Flávio, filho desse tio, se juntou à conversa:

— Estava mesmo pensando em colocar algum dinheiro na Bolsa. O que acha, Rodrigo?

Havia anos que mal trocava cumprimentos com Flávio, que se tornara o que meus amigos de São Paulo consideravam ser um típico ignorante do interior: amante de música sertaneja e trabalho fácil.

— Acho melhor você falar com o gerente da sua conta — desconversei. — Ele pode te dar boas dicas de investimento. Por que você não vai ao banco?

— Eles vêm atrás de mim o tempo todo. Agora me chamam de cliente *private*, pode isso? Colocaram até um cara em São Paulo pra me oferecer umas aplicações diferentes.

Devia haver algum engano. Para ser cliente *private* de um banco era preciso ter alguns milhões dando sopa na conta.

— Você ainda tem aquela revendedora de carros usados? — perguntei, ainda sem acreditar.

— Usados, não. Seminovos! O negócio ficou bom e acabei abrindo outras lojas aqui na região. Mas estou pensando em vender, dá muito trabalho...

— Às vezes até no sábado ele trabalha, acredita? — disse meu tio, com ar preocupado.

— Só quero curtir a vida, mas fico com medo de deixar meu dinheiro na mão desses urubus do banco. Com todo respeito — completou Flávio.

Enquanto falavam sem nenhum conhecimento de causa sobre excesso de trabalho, comecei a fazer uma série de cálculos mentais rápidos. Era factível imaginar que as cinco lojas do meu primo vendessem uns duzentos carros por mês? Sim, se cada loja vendesse dois por dia. Com uma média de vinte mil por veículo, o faturamento dele chegava a quatro milhões ao mês e a quase cinquenta milhões em um ano. É claro que a viabilidade do negócio estava em sua habilidade de comprar barato e vender o mais caro possível. A julgar pelo assédio dos bancos, porém, é de imaginar que desempenhasse bem a função.

Meu desejo imediato era ir ao banco e pedir as contas na mesma hora. Se até meu primo idiota conseguia enriquecer tão rápido, eu não via razões para continuar sofrendo. É verdade que o trabalho no mercado financeiro me tornara muito mais rico que ele e todos os membros da família somados. Mas com quase todo o dinheiro em ações do BIG, só conheceria meu patrimônio real quando e se o banco fosse vendido. Pular fora antes significaria negociar a minha participação com outro sócio, com preferência para Bernardo. Às custas do desespero dos sócios antigos, ele se perpetuava no poder e mantinha uma posição majoritária, por mais que o banco crescesse. A rotina insalubre de trabalho, portanto, servia aos interesses dele.

Quem ousava permanecer se fiava na esperança de venda. Toda vez que era chamado para uma reunião de emergência, eu desejava em segredo que o negócio estivesse concretizado. Nos últimos meses, participei de vários encontros com executivos de concorrentes nacionais e estrangeiros, durante os quais falava sobre como ganhamos dinheiro nos últimos anos com a melhora da economia e a alta da Bolsa. Por mais que os potenciais compradores saíssem sempre animados, as conversas por algum motivo não iam muito longe. Estava claro que Bernardo dificultava a situação. O ímpeto com que comprava ações dos demais sócios não era o de alguém disposto a negociar uma venda.

— João Gilberto poderia ter se aposentado há muito tempo. Depois daqueles três primeiros discos que foram a pedra fundamental e também o legado da bossa nova, e do disco com o puto do Stan Getz que transformou aquilo tudo num fenômeno mundial, ele podia ter largado tudo e aberto uma pousada na praia, como fazem muitos dos imbecis que largam o BIG assim que ganham algum dinheiro — ele me disse, após uma de nossas frequentes reuniões.

— Então a sua motivação não é o dinheiro? — perguntei.

— Tudo é dinheiro, meu caro. Se não fosse, eu também não estaria aqui. Mas não é só porque tenho o suficiente para sustentar a minha terceira geração que vou colocar o pijama. Podemos ser para o mercado financeiro o que a bossa nova foi para a música — comparou.

— Então, você não quer vender o BIG?

— Você não entendeu, Rodrigo? A venda do banco é irreversível. O que precisamos é arrumar um Stan Getz. Um gringo que nos ajude a abrir portas lá fora.

— O Stan Getz quase estragou aquele disco.

— Sim, mas esse foi o preço do *Grammy* e de toda a reputação que a bossa nova conquistou. Aqui também nós vamos ter que suportar um saxofonista barulhento, mas com o prestígio que ainda não temos.

Os rumores sobre as negociações para a venda do BIG logo passaram a frequentar as mesas de operações de todo o mercado, das tesourarias de bancos às corretoras de ações. Era incrível como aqueles homens aparentemente nervosos e agitados tinham vocação para a fofoca. Não demorou até o caso chegar ao *Jornal Econômico*. Bianca passou a acompanhar o caso de perto e acabei me tornando mais uma fonte de informações para as reportagens dela. Além dos bastidores da venda do banco, comecei a abastecê-la com malandragens nas operações praticadas por concorrentes. Nem sempre as reportagens saíam da maneira que eu gostaria, mas imagino que essa seja a tal "liberdade de imprensa" que tanto alardeiam por aí.

Voltamos a ir para a cama, em encontros mais esporádicos. Nenhuma das conversas que tivemos durante os vários almoços executivos nos discretos hotéis de luxo para onde nos dirigíamos sob o pretexto de atender algum evento jamais foi publicada. De uma estranha maneira, sentia-me à vontade quando estava com ela, mais do que com Valéria. Bianca não me julgava nem me passava a mão na cabeça. Com sua curiosidade jornalística e uma rara capacidade de compreensão, conseguia me fazer confessar pecados que até mesmo eu desconhecia. O misto de admiração e medo que nutria por Bernardo, a culpa por me manter longe da família e os sentimentos contraditórios sobre a venda do BIG. Se de um lado torcia para me livrar o quanto antes da rotina infernal e voltar para casa com a minha pequena e suada fortuna, do outro a falta de clareza sobre o que seria o tal paraíso prometido longe do mercado financeiro me preocupava. Pela primeira vez compreendia que, no fundo, gostava muito do meu trabalho. Era também com um pouco de orgulho ingênuo que interrompia meus momentos de lazer por um telefonema vindo do banco ou de um cliente mais próximo. Quando o lazer se tratava de um churrasco familiar, então, a convocação de Bernardo soava mais como um resgate.

Como esperado, meus pais não gostaram nada de me ver arrumar as coisas de volta no carro antes mesmo de a carne começar a ser servida. Os outros convidados também me olhavam estranho, em particular o meu primo rico que se julgava um trabalhador incansável. Para eles, nenhuma tarefa profissional justificava a minha ausência. Encarar os olhos marejados da minha mãe na despedida foi a parte mais difícil. Minha ideia era voltar sozinho para deixá-la mais tempo com o neto, mas Valéria não concordou em ficar. Àquela altura, um dos poucos prazeres em nossa relação era a tortura mútua à qual submetíamos um ao outro. Ficar ao meu lado para me brindar com seu ruidoso silêncio durante as três horas de viagem de alguma forma parecia compensá-la pela humilhação de se ver sozinha quase todo o tempo. Ao dormir durante a maior parte da viagem no banco traseiro, a criança assumia, sem perceber, o papel de cúmplice da mãe.

— Não fui só eu que perdi o fim de semana — quebrei o gelo, ao parar o carro na última das quatro filas de pedágio no trajeto de volta para casa. — Bernardo chamou os principais sócios.

— O que ele quer? — perguntou, sem tirar os olhos da estrada e dos carros que aceleravam à frente. Foi preciso que ela repetisse a pergunta para que eu tivesse certeza de que realmente havia se dirigido a mim.

— Ele não quis dizer no telefone, sinal de algo importante. Quem sabe não saiu enfim a venda do banco?

Valéria voltou a se calar. Em um passado não tão remoto, qualquer menção ao fim do trabalho no BIG era motivo para animá-la. Agora, a notícia não provocava nenhum efeito, como uma droga absorvida pelo organismo depois de muito consumo.

— Para pessoas normais pode ser — comentou, minutos mais tarde.

Voltei-me para ela na tentativa de compreendê-la. Valéria tinha uma linha de raciocínio torta, muito subjetiva, talvez como influência de sua formação em ciências humanas.

— Só algo muito importante seria capaz de fazer largar os pais e rodar mais de duzentos quilômetros — ela esclareceu. — Mas você pegou as coisas e voltou correndo sem nem mesmo saber do que se trata.

— Você quer dizer que eu gosto mais do banco do que dos meus pais?

— Você não gosta de nada nem de ninguém além de você mesmo.

Se Valéria não se comovia mais com as minhas promessas de largar o banco, eu também já havia me habituado às acusações dela. Seja pelos pais ricos ou por conta do marido "egoísta", ela nunca foi do tipo que precisou se preocupar com dinheiro. Para alguém que nunca teve de pagar contas na vida, parecia simples largar tudo pela poesia. Ela gostava de se dizer "independente", mas será que ela pensava de verdade que com o salário de professora em um curso de letras de uma universidade de terceira categoria pagaria as prestações do carro importado com o qual ia trabalhar?

Minha família se queixava sem saber que podia ser pior. Não importava a época do ano, era comum encontrar um grande número de pessoas no banco em fins de semana ou feriados. Havia sempre transações para fusões e aquisições de empresas em andamento. As discussões dos detalhes do negócio e a preparação da papelada costumavam se arrastar madrugadas adentro, sem respeito ao calendário ou ao direito de descanso das partes envolvidas. E como estar envolvido nesse tipo de operação fazia parte do trabalho do banco, as pessoas que trabalhavam nessa área não podiam largar um processo desses no meio e passar um feriado de sol no interior com os parentes. A compensação, como sempre, vinha na conta bancária. Com alguma sorte, na assessoria de fusões e aquisições era possível ganhar o suficiente para se aposentar em não mais que cinco anos. O desafio era aguentar todo esse tempo. Havia não só os limites do próprio corpo a enfrentar como a competição com os novatos, jovens e sedentos pelos bônus milionários destinados aos funcionários que trouxessem mais resultados.

Bernardo criou uma versão tropical e piorada da cultura competitiva dos bancos de investimento de Wall Street, os deuses para os quais rezávamos todos os dias de nove e meia da manhã às cinco da tarde – o horário de funcionamento da grande Bolsa de Valores, o termômetro de todos os negócios realizados no mundo financeiro. Nossa primeira geração de sócios foi formada por filhinhos de papai cariocas que estudaram fora e se deslumbraram com o banho de capitalismo. Não era de espantar. Vindos de um país que na época vivia uma ditadura burra de direita, incapaz de fazer o trabalho básico de toda ditatura, que é impor sua ideologia e esmagar as demais, os futuros fundadores do BIG descobriram que havia um mundo por se descobrir além do pesadelo de hiperinflação e baderna política. Nossos ancestrais formaram, então, uma competente tribo de yuppies-guaranis, capazes de ganhar rios de dinheiro em meio a anúncios de novos planos econômicos, desvalorizações cambiais e calotes na dívida externa.

O intuito desde o começo era formar novos caciques para que um dia os velhos generais, e de preferência multimilionários, pudessem lamber em paz as feridas das batalhas diárias no mercado financeiro. Eles só não contavam que o sucessor fosse alguém como Bernardo Figueira. Formado em engenharia por uma faculdade privada, ele era o tipo de escória contratada pelo BIG apenas para fazer figuração na área administrativa, uma casta inferior necessária para o funcionamento da instituição. Quem entrava no banco alimentava o sonho de enriquecer, mas isso só se aplicava a quem já vinha de um berço bem-consolidado e provido de toda uma base educacional. Ou seja, no banco só subia na vida quem já vinha do alto. Por mais esforçados que fossem, garotos que chegavam a duras penas na faculdade e só conquistavam o diploma à custa de um trabalho diurno para pagar as mensalidades do curso não eram capazes de competir com os estudantes das melhores escolas, experimentados em viagens internacionais e dotados de uma boa rede de contatos. Sem costas quentes nem amigos que pudessem carregá-lo, Bernardo precisou fazer valer a filosofia da meritocracia para subir no BIG. Primeiro, revelando-se um corretor eficiente, capaz de fazer bons negócios, ganhar dinheiro e atrair mais clientes para o banco. Assim como eu, também contou com um pouco de sorte, por estar no lugar e no momento certos. Quando assumiu uma das chefias da equipe de tesouraria, soube surfar as várias ondas de oportunidades que surgiram nos primeiros e instáveis anos do Plano Real. Além de uma capacidade incrível de traçar cenários e estabelecer apostas certeiras sobre o rumo dos juros, do câmbio e da Bolsa, costurou relacionamentos em Brasília que, na pior das hipóteses, o ajudaram a conquistar espaço e riqueza sem ser perturbado.

Bernardo já era um dos principais sócios do BIG e começava a chamar a atenção do mercado quando o banco foi pego no contrapé durante a crise asiática, uma das muitas que se sucederam na segunda metade dos anos 1990. Foi uma perda de muitos milhões com uma aposta certa na hora errada. Na época, dizia-se que, se o mundo ficasse resfriado, o Brasil pegaria uma pneumonia. Com base nessa antiga máxima, o banco decidiu jogar todas as fichas e um pouco mais contra o país. A profecia, contudo, demorou mais tempo do que o esperado para se cumprir, e todas as posições montadas pela tesouraria sofreram perdas violentas, o que minou a credibilidade do BIG.

Chamado a dar explicações, Bernardo eximiu-se de responsabilidade, mas propôs uma solução. Era preciso dar ao mercado um sinal de que o herói estava ferido, mas que continuava de pé. No nosso mundo, a única forma de fazer isso era chamar os sócios do banco para colocar mais dinheiro no negócio. Com o susto tomado pelos parceiros mais velhos, Bernardo e outro jovem executivo chamado Miguel Vendano assumiram a parte dos demais no negócio. Pouco tempo depois os dois diluíram a participação que ainda restava dos fundadores e os enxotaram do banco. A história era conhecida, mas ouvi-la do próprio Bernardo era mais estimulante, ainda que o chefe omitisse partes, como a humilhação com que tratou os homens decadentes que um dia o empregaram. Havia quem dissesse que as perdas na crise asiática foram intencionais.

— Miguel sempre foi um cara de sorte — disse Bernardo, assim que entrei na sala de reuniões escura, em contraste com o sábado de sol do lado de fora. — Primeiro, por se arriscar comigo nessa aventura que foi salvar o BIG do buraco. Logo ele, um dos caras mais cagões que eu já conheci. E depois, quando o isolei na área de mercado de capitais, que do dia para a noite se tornou o lugar mais lucrativo do banco.

— Ele teve seus méritos — comentei.

— Não, só chegamos onde estamos pela coragem de profissionais como você, Rodrigo. Todos têm um ciclo aqui dentro e temos de estar cientes de que o BIG precisa continuar, com ou sem a nossa presença. Os velhos sabiam disso. E Miguel também.

— Desculpe, mas aonde você quer chegar?

— Convoquei uma reunião com o nosso conselho para afastá-lo. Você assume o comando da divisão de mercado de capitais do BIG a partir de hoje.

Vendano estava longe de ser brilhante como o sócio. Era um tipo inseguro, mas com um mínimo de escrúpulos e um amplo conhecimento do funcionamento dos mercados.

Como tudo o que Bernardo desejava era subverter a lógica existente, não devia ser nada confortável ter alguém por perto para lhe dizer o que *não* poderia fazer. Não que Vendano fosse santo. Ele estava mais para um Trótski capitalista, que fazia questão de discordar dos métodos sanguinários do camarada Stálin, mas sem se furtar a sujar as mãos para ficar com a sua parte nos lucros. Se no meu começo no banco nutria uma grande admiração por Bernardo, quanto mais me aproximava do topo, mais me identificava com o estilo de Vendano. Quem conhecia os métodos de Bernardo não havia de se surpreender com a rasteira aplicada pelo sócio.

— O que ele fez para ser afastado?

— Quando Miguel e eu assumimos o BIG, o país era outro. Não havia regras, e, quando havia, tudo podia mudar da noite para o dia. Naquela época, se você quisesse ganhar dinheiro no mercado financeiro, bastava apostar no pior, sempre. Era como um prêmio de loteria, mas com uma probabilidade enorme de acerto. Como você pode ver, as coisas mudaram nos últimos anos, mas um dos meus sócios no banco nunca quis ver isso.

— Ele só acha que às vezes somos agressivos demais.

— Eu acredito no Brasil. Em João Gilberto, em Antônio Carlos Jobim. E em Luiz Inácio Lula da Silva — discursou Bernardo. — Vamos conquistar o mundo financeiro, como fizemos com o futebol, a bossa nova e essa democracia louca que coloca no poder um líder de esquerda com um coração socialista e o pragmatismo de um banqueiro. E não há espaço aqui para quem não acredita em nada disso — discursou, batendo a palma da mão direita na mesa.

Não havia como convencê-lo do contrário, mas ainda assim arrisquei um gesto de lealdade ao antigo chefe.

— Vendano acreditava no banco. Quem sabe fosse idealista demais. Afinal, o pragmatismo de banqueiro levou o governo a fazer alianças duvidosas, sem falar nas denúncias de corrupção...

— O único idealista aqui é você — interrompeu. — Miguel anda dormindo com o inimigo há tempos. Quem você acha que entregou para a imprensa as nossas artimanhas nos IPOs? Ele podia ter acabado com a sua carreira, Rodrigo.

— Pode ter sido um concorrente qualquer — falei, ao me lembrar de que, na verdade, quem dormia com o inimigo era eu.

— Todos os bancos dançavam a mesma música. Não interessava a ninguém entregar o esquema. Também não venha me dizer que ela achou sozinha a informação nas mais de mil páginas dos documentos das ofertas de ações.

Fazia sentido imaginar que Vendano usava os jornais para revelar práticas com as quais não concordava. Bianca jamais disse quem lhe contou sobre o esquema do *equity kicker*. Os jornalistas pareciam não se importar em violar a maioria das normas éticas, como dormir com as fontes, mas insistiam em preservar o sigilo de quem lhes revelava as informações. Bastava fazer a menor menção ao assunto para ela desconversar e, às vezes, perder a paciência. Como a regra também se aplicava a mim, no fim do dia Bianca era a amante dos sonhos de qualquer um.

A decisão sobre o afastamento de algum dos diretores só podia ser tomada pelo conselho de administração, que no papel deveria funcionar como um colegiado formado por pessoas de fora do dia a dia do banco, com a missão de estipular e cobrar metas, além de avaliar o trabalho dos executivos. Mas no BIG a função de presidente do conselho era desempenhada pelo presidente do banco, e que também era o principal sócio e responsável pelas demais indicações. Ou seja, as reuniões do conselho eram meramente figurativas. Bernardo tinha plenos poderes para fazer o que quisesse, na hora que quisesse, sem precisar dar maiores satisfações. A expulsão de Vendano só não aconteceu antes porque ele não havia encontrado alguém para substituí-lo. Como não podia ser diferente, a opção pelo meu nome me deixou lisonjeado. Custei a perceber que foi menos por mérito e mais pela capacidade de ser controlado que passei a ocupar o cargo do antigo sócio. Mal sabia ele o quanto estava enganado a meu respeito. Dos poucos erros que Bernardo cometeu durante a brilhante trajetória no mercado financeiro, esse foi possivelmente um dos maiores.

13
insensatez

Amsterdã, setembro de 2007
Saldo: R$ 16.220.000,00

A bicicleta atravessou a calçada em frente ao hotel em alta velocidade e por pouco não me atropelou. O fulano sobre as duas rodas ainda teve tempo de olhar para trás e me dirigir alguns impropérios, que se tornavam ainda mais ameaçadores naquela língua repleta de consoantes. Nada sutil para um país tão civilizado, embora a culpa fosse minha por não prestar atenção no espaço dedicado à ciclovia, que se confundia com o espaço dos pedestres.

— Não me vá morrer logo agora. Espere pelo menos até fecharmos negócio — disse Bernardo, que vinha logo atrás, ao sair do táxi. — Está tudo bem?

Exausto depois de doze horas de uma viagem não planejada, era difícil não me imaginar no lugar errado. Incluindo as cinco horas de diferença do fuso, estava quase um dia atrasado para a comemoração do aniversário de Valéria. Como já passava da meia-noite do dia seguinte tanto na capital da Holanda como no Brasil, o estrago não poderia ser reparado nem mesmo se tomasse naquele momento outro avião de volta ao Brasil e recuperasse parte das horas perdidas. Não era bem uma festa como os churrascos promovidos pelos meus pais no interior, mas sabia que a minha ausência seria muito sentida. Ela convidara uns poucos amigos, entre eles o professor e orientador de mestrado Luiz Cláudio, também conhecido por ser o ex-namorado de meu colega de faculdade e trabalho Hugo Petruzzi. Um dos únicos sobreviventes da geração que entrara no banco logo antes da grande fase de bonança do mercado brasileiro, meu amigo fora transferido para a chefia do departamento de retaguarda, o chamado *back office*, no nosso jargão anglofonizado. O que deveria ser uma promoção era na verdade uma forma de fritá-lo até que ele pedisse para sair. A nova função de Hugo era transformar em burocracia toda a nossa arte de ganhar dinheiro. Para ser mais preciso, preencher relatórios, manter os registros das operações atualizados, controlar a exposição a risco do banco e de nossos clientes. Para ser mais preciso ainda, uma função sem nenhuma chance de obter um bônus milionário. Uma mente inquieta como a de Hugo não resistiria por muito tempo ali.

Na única vez em que questionei Bernardo sobre o assunto, ele argumentou que meu amigo corria riscos demais como operador e que o transferira para o *back office* como uma forma de aprendizado. Mas as fofocas que Hugo espalhava, como a de que Bernardo obtinha informações privilegiadas nos altos escalões de Brasília, devem ter chegado aos ouvidos do Grande Irmão do BIG. Se ele não o demitia de uma vez, era por receio de que o gesto fosse interpretado como "um ato de preconceito contra a condição sexual do dedicado funcionário". O banco não se incomodava com a fila interminável de processos por assédio, mas queria distância de encrencas com minorias mais engajadas. Ainda mais depois dos holandeses.

— Tudo bem. Com tantas chances de ser morto em um assalto ou algo parecido em São Paulo, quem diria que algo poderia me acontecer aqui — tentei brincar, enquanto me refazia do susto e passava para o lado certo da calçada.

Os rumores de que os holandeses do BANG Bank negociavam a compra do BIG já eram conhecidos de todos e até vazaram na imprensa. Bianca não ficou nem um pouco satisfeita por não ter sido ela a dar a notícia em primeira mão e chegou a me cobrar por não ter lhe dado a informação em *off*. Na ocasião menti e disse que não sabia de nada, mas não apenas sabia como estava envolvido de forma direta nas conversas. Com a experiência de quem vendeu dezenas de empresas em ofertas de ações a investidores estrangeiros, fui incumbido de mostrar aos pretendentes as nossas belezas naturais: um banco de investimentos em plena ascensão localizado em um país em plena ascensão. Todas as negociações sobre preço ficavam a cargo de Bernardo. A saída forçada de Vendano lhe deu um controle quase despótico sobre o BIG, o oposto da filosofia original dos fundadores, que era a de associação com várias cabeças pensantes. O ex-sócio recebeu uma bolada razoável pelas ações de que fora obrigado a se desfazer, mas nada comparado ao que ganharíamos com a venda.

Os interesses de Bernardo iam além de obter o maior preço possível pelo banco. Para ele, a associação com um concorrente estrangeiro fazia parte de um plano maior: tornar o BIG uma instituição capaz de competir em igualdade de condições com os grandes bancos comerciais no país e ainda ter um alcance global. Além de mostrar um cheque graúdo, os interessados em nos comprar precisavam deixar espaço para que ele liderasse esse projeto. O processo de seleção, que começou com mais de dez candidatos, chegou à fase final com apenas dois. Estávamos todos apreensivos, apesar da certeza de que Bernardo não tinha mais como voltar atrás. A questão agora era saber o quão ricos nos tornaríamos e em quanto tempo levaríamos a nossa parte.

Os mais avançados no páreo eram os americanos do GOLD Bank. A venda para eles seria uma forma de voltar para casa, já que os fundadores do BIG começaram a carreira lá, de onde importaram a filosofia que enriqueceu gerações de jovens inteligentes e metidos a besta. Bernardo também não escondia a preferência pelos americanos, não só pela admiração como pelo acesso irrestrito ao maior mercado do mundo que o negócio poderia proporcionar. Como o GOLD também estava disposto a pagar mais, seria um casamento perfeito do ponto de vista material e sentimental. Dias antes de nossa viagem, Bianca escreveu uma reportagem no *Jornal Econômico* dando como praticamente certa a venda para os americanos. Havia na matéria a descrição de detalhes do negócio que eu mesmo desconhecia, como as exigências de poder sobre o banco que Bernardo insistia em manter e que dificultavam as negociações. O chefe pareceu contrariado com a publicação, mas o fato é que a matéria serviu bem aos nossos propósitos. Na manhã seguinte, uma comissão de holandeses aportou na sede do BIG com uma nova e irrecusável proposta nas mãos.

Para Bernardo, a venda para o BANG também tinha suas conveniências. Desde os tempos das grandes descobertas, os holandeses tinham fama de manter uma relação mais aberta com as colônias, ao contrário de espanhóis e portugueses, sem falar nos novos conquistadores americanos, que a todo custo tentavam impor o estilo McDonald's de vida ao resto do mundo. Se ele desejava maior autonomia, não havia dúvida de que o BANG oferecia a melhor relação. Uma pena que cinco séculos atrás os nossos índios não tiveram o mesmo direito de escolha.

— É melhor se acostumar com as calçadas, Rodrigo. Amsterdã vai virar sua nova ponte aérea — ele disse.

— Foi mais uma distração mesmo. Estive aqui no tempo em que morei na Europa e sei bem como é essa rotina de bicicletas enlouquecidas por todos os lados.

Não havia um jovem estudante em passagem por qualquer cidade europeia que não se arriscasse a dar uma esticada até a capital holandesa só para ter o prazer de fumar um baseado legalmente. Agora, pouco me importava o destino da viagem. O que desejava era ver o processo concluído o quanto antes e não media esforços para isso. Nas últimas semanas, não foram poucas as vezes em que dormi no banco para atender as demandas dos compradores dos dois lados do hemisfério, o que me obrigava a trabalhar pelo menos dezesseis horas diárias. Era um último e compensador esforço em troca de uma aposentadoria precoce e feliz. Pensando bem, se considerasse o tempo de trabalho em horas corridas, talvez já estivesse mesmo próximo de me aposentar.

Por mais que houvesse trabalho a fazer nos dias que antecederam a venda do BIG, jamais cogitei faltar à festa de Valéria. Ao contrário, imaginava que o feriado próximo podia ser uma boa ocasião para sairmos um pouco da cidade. Havia uma penca de hotéis de luxo nas imediações de São Paulo para onde os executivos do banco levavam a família quando eram cobrados pela ausência em casa. Cheguei a fazer um esforço adicional de modo a deixar o mínimo possível de pendências, para ter a noite livre. Quando me preparava para deixar o banco, já estava atrasado o suficiente para cruzar com os convidados do jantar em casa.

— Fechamos — uma voz feminina que veio me caçar a caminho do elevador cochichou em meu ouvido. Era a secretária de Bernardo e eu sabia que aquela era a senha para parar o que estivesse fazendo e me dirigir até ele.

Os principais sócios do BIG já estavam na sala de reuniões com taças de cristal na mão à espera do champanhe que o chefe tentava abrir de modo desajeitado. Em uma das extremidades, a tela da videoconferência apresentava um grupo de homens engravatados, os holandeses com quem me reuni inúmeras vezes nas últimas semanas, também armados com copos cheios de um líquido espumante. Ao me ver na sala, Bernardo largou a garrafa entreaberta nas mãos do sócio mais próximo e veio ao meu encontro.

— Arrume um paletó. Viajamos daqui a pouco — ele disse, enquanto me abraçava.

Não havia tempo sequer de voltar para casa. A papelada principal precisava ser preparada e assinada nos três dias seguintes para o negócio ser anunciado em nossa volta ao Brasil, na manhã de segunda-feira. Para alcançar o único voo noturno para Amsterdã sem nos afogar no trânsito dos paulistanos que tentavam de forma desesperada deixar a cidade para curtir o feriado, Bernardo, um advogado do banco e eu tomamos um helicóptero para o aeroporto.

Na hora, nem me ocorreu mencionar o jantar de aniversário da minha mulher como motivo para não partir com eles. Na verdade, estava até irritado por quase ter perdido o lance capital da novela que ajudei a escrever. Na Holanda, assinaríamos um pré-contrato que se tornaria definitivo em até três meses. O tempo era necessário para os compradores realizarem um pente fino nas contas do banco em busca de esqueletos escondidos no armário. Se descobrissem algo de que não gostassem durante essa espécie de lua de mel, ainda podiam desistir do negócio, mas sabíamos que esse risco era mínimo. Não foi por acaso que fomos uma noiva tão disputada durante tanto tempo.

A ameaça de atropelamento pela bicicleta foi o único incidente durante a passagem pela capital holandesa. Ficamos enfurnados a maior parte do tempo na sede do BANG, no acerto de detalhes básicos do contrato e do anúncio à imprensa. A pequena tropa de advogados brasileiros, holandeses e americanos chegou na sequência para assumir os ritos religiosos necessários para a ocasião – o enterro do antigo banco e o batizado do novo. A comemoração pelo negócio foi discreta: uma festa privada com garotas de programa oferecida por um de nossos futuros chefes, no intervalo entre a preparação e a assinatura de mais uma batelada de documentos.

Era de longe o maior e mais lucrativo negócio da vida de Bernardo. O cheque de cinco bilhões assinado pelos holandeses era a obra-prima de toda a carreira dele até então, um lance de gênio que equivaleria aos melhores momentos de João Gilberto, se pudéssemos medir ambos em uma mesma escala. Assim como o ídolo da bossa-nova, Bernardo transformara algo que não fora criado por ele em algo que ganharia reconhecimento internacional. Longe de ser o mais feliz, a expressão dele denotava apenas certo alívio e até um cansaço raro mesmo nos momentos de maior tensão. Ele parecia compartilhar do perfeccionismo que impedia João de apreciar os próprios feitos.

Dormimos durante quase toda a viagem de volta, na primeira classe do voo que cruzava o oceano na madrugada de segunda-feira. A divulgação da venda do BIG ocorreria enquanto ainda estivéssemos sobre o mar, antes da abertura da

Bolsa de Amsterdã. Por algum motivo, me senti na obrigação de avisar Bianca pouco antes de embarcar.

"VENDA FECHADA PARA BANG – OFF TOTAL", telegrafei, via mensagem de texto no celular.

"JÁ SOUBE. BJO!", ela respondeu, menos de um minuto depois.

De fato, a edição do *Jornal Econômico* que compramos na banca do aeroporto de Guarulhos trazia vários detalhes da compra do BIG pelos holandeses do BANG, como se a repórter Bianca Siqueira fosse uma das testemunhas da assinatura do contrato.

Foi Bernardo quem precisou lidar com a imprensa para cuidar do anúncio oficial, com toda a coordenação feita a partir de Amsterdã, enquanto a comunicação com os clientes foi conduzida por mim. Era preciso esclarecer que nada mudaria com a venda do banco. Ao contrário, o negócio representaria novas oportunidades, uma porta aberta na Europa para as empresas nacionais que desejassem se internacionalizar ou obter recursos dos primos ricos do Velho Mundo. Ainda precisei ouvir as lamúrias dos americanos do GOLD Bank, putos da vida por se sentirem traídos por Bernardo, que lhes dera a palavra de que o acerto com eles estava definido.

O dia intenso de trabalho na volta, que incluiu uma nova comemoração com o pessoal do banco, terminou quando já era madrugada de terça. Foi só então que parei para pensar no principal resultado da venda do BIG: eu estava rico. Muito rico. Era a concretização de um projeto iniciado quase sem querer cinco anos antes. Um investimento pesado de suor, lágrimas e neurônios. Quais seriam as consequências para a minha saúde pelo período em que trabalhei no banco? Quantos anos de vida a menos? Em compensação, em que outro lugar do universo poderia ganhar tanto em tão pouco tempo?

A sobriedade de Valéria me ajudaria a colocar os pensamentos em ordem. Ninguém melhor que ela para dizer se o esforço valera a pena. Ela devia estar preocupada depois de tantos dias sem dar notícia. Eu bem que tentei avisá-la da viagem inesperada, mas nem o telefone de casa nem o celular dela responderam nas vezes em que tentei ligar. No caminho para casa, começou a me bater o sentimento de culpa que tanto tentava evitar. Não deve ter sido fácil acomodar os ânimos, em particular os dos meus pais. Eles não podiam imaginar que o marido da aniversariante teve um grande imprevisto, quase uma fatalidade, que não só o impediu de comparecer à comemoração como o tirou de casa pelos três dias seguintes.

Não chegou a ser uma surpresa completa encontrar a casa vazia. Há algum tempo adotara o hábito de bisbilhotar os cômodos quando chegava tarde da noite para ter certeza de que ela não resolvera me abandonar enquanto estava fora. A cama do quarto de casal estava intocada, assim como o berço do bebê. Uma das qualidades de Valéria que mais admirava era a previsibilidade. Qualquer ameaça de outra hipótese, como um possível sequestro, foi dirimida com o bilhete deixado no quarto onde ficava a minha parafernália musical. A escolha não foi casual. Era lá que eu permanecia durante as poucas horas em que me mantinha acordado em casa.

De pouco adiantaria contestá-la, o negócio estava fechado. Com ou sem Valéria, restava-me sempre o silêncio da vitória e a falta de alguém para compartilhá-la. Não havia como fazê-la entender algo que estava além da minha própria compreensão. Com João Gilberto ocorria algo semelhante e que, de alguma forma, nos aproximava. Anos depois de dividir os vocais com Astrud Gilberto, na imortal gravação com Stan Getz, ele insistiu no erro e convidou Miúcha, com quem era casado, para cantar no *álbum branco*. A letra da canção trazia as desculpas de homem que precisava trabalhar e, por isso, não podia permanecer nos braços da amada. Se Valéria quisesse, eu ficaria, mas ela entendeu que só iria me prejudicar.

14
estate

São Paulo, fevereiro de 2008
Saldo: R$ 187.500.000,00

Como fiéis seguidores de Bernardo Figueira, nossa parte no milagre da multiplicação do dinheiro foi generosa. Em termos matemáticos, era o produto do valor pelo qual o BIG foi vendido e da minha participação. Com pouco menos de quatro por cento das ações, eu já podia ser considerado um acionista importante na época. Além de Bernardo, que ficou com mais ou menos metade das ações depois de chutar Vendano, outros trinta executivos sortudos tiveram direito a uma bolada razoável por converterem parte do pagamento de seus bônus em ações.

Não havia dúvida alguma de que enfim reunira um patrimônio compatível para levar uma vida mansa sem precisar jamais colocar uma gravata novamente. O problema é que em nenhum momento pude me gabar de ter visto a cor desse dinheiro. Como parte do acordo com os holandeses, todo o dinheiro pago pelo BIG precisaria ser mantido no banco, mais precisamente em nossas contas em paraísos fiscais. O pagamento pelas ações viria em parcelas corrigidas ao longo de cinco anos. Durante esse período, quem decidisse abandonar o barco teria de deixar sua parte aos cuidados de quem ficasse. Essa foi a isca armada para nos manter presos ao banco, já que ninguém se mostraria disposto a colocar a granja aos cuidados das raposas.

Como não contava com agências ou correntistas tradicionais, o grande valor do BIG estava concentrado no time de executivos, "os cérebros mais caros do sistema financeiro internacional", como bem grafou uma garbosa, porém incompleta, reportagem da *Economist* a nosso respeito. Além de caros, os cérebros estavam enfurecidos com o que consideraram uma traição de Bernardo. Todos ficaríamos muito felizes se o BIG fosse vendido pela metade do preço, desde que pudéssemos voltar para casa com nosso dinheiro. Conforme soubemos depois, o pagamento "virtual" fez parte do acordo costurado por ele para se manter no comando do banco.

Foi mais fácil me separar de Valéria do que do BIG. Retomamos o contato para tratar das formalidades do divórcio, incluindo as datas de visita ao garoto, que longe de mim já arriscava os primeiros passos, e a pensão mensal. Decidi não economizar e propus um valor bem alto, na certeza de que ela aceitaria, mesmo sabendo que poderia me extorquir muito mais se desejasse. No papel, não tinha nenhum bem a repartir e o dinheiro da venda do BIG estava longe da sanha de advogados carniceiros. Seria um pequeno escândalo corporativo se os detalhes de uma separação litigiosa se tornassem públicos. Mesmo discreto e longe dos holofotes, eu era reconhecido como um dos principais e mais prodigiosos executivos do banco. Qualquer passo em falso faria a alegria dos fofoqueiros de plantão, sem falar nos nossos concorrentes.

Fora os trâmites do divórcio e as conversas frequentes com Amsterdã, minha rotina de multimilionário após a venda do BIG era a mesma. "Nada muda na forma de atuação do banco" foi o mantra que mais ouvimos e repetimos nas semanas que se sucederam ao negócio. A verdade não era bem essa. Bernardo manteve, sim, o controle do dia a dia das atividades, mas já não era o único responsável pelas decisões estratégicas. Éramos agora uma unidade do conglomerado do BANG, responsável em última instância por definir quem éramos e para onde iríamos. Essa "filosofia" mudou de modo radical com a entrada dos holandeses. E para lugar algum.

A primeira indefinição foi quanto ao novo nome do banco. Duas consultorias internacionais foram contratadas para apresentar sugestões de qual seria a identidade que melhor defenderia a ideia de que éramos os mesmos, porém mais fortes. Depois de meses de trabalho e pesquisas, chegaram às sugestões: BIG BANG Bank ou BANG BIG Bank.

— Por que o nome deles está na frente? — questionou um dos holandeses, sobre a primeira opção.

— Pelo menos é melhor do que o outro, provavelmente feito por algum estagiário analfabeto que fugiu do cursinho de inglês — disse Bernardo, na direção do diretor da agência que veio apresentar o estudo da logomarca.

— Talvez se o nome do BIG saísse em letras minúsculas, deixaria de chamar tanta atenção — sugeriu outro holandês.

— Poderíamos chamar só BANG Brasil, sem o BIG — respondeu um terceiro diretor do banco trazido de Amsterdã só para participar daquela reunião.

— Nós pensamos nessa opção, mas o nome do BIG é bastante reconhecido pelos clientes, segundo as nossas pesquisas — disse um dos publicitários.

— Além disso, com BANG Brasil fica parecendo que vocês querem dar um tiro no país, sei lá — me meti.

— Pensamos também em BBB. Pode ser uma referência ao *reality show* da televisão, para a população que não conhece o banco — disse o publicitário.

— Não queremos ser conhecidos pela população. Quanto mais distância do povo, melhor — falou Bernardo.

— E já existe um banco com a sigla BB. Pode criar confusão — eu disse.

— Senhores, o que vocês decidirem está bom para mim. O Rodrigo já mostrou que pode conduzir a discussão do nosso lado — disse Bernardo, antes de me deixar preso na sala em uma reunião que me consumiu o resto da manhã e não chegou a conclusão alguma.

Se o nome escolhido fosse BBB, ao menos teria revelado o clima nos corredores do banco. Apesar do compromisso de não mexer no time vencedor, os novos donos não resistiram em meter a colher nos negócios fora da alçada direta de Bernardo. Daí a sensação de nos sentirmos a todo instante vigiados. Não era, contudo, uma intromissão agressiva. Estava mais para a daqueles típicos documentaristas de canais por assinatura, que tentam capturar as imagens com o mínimo possível de interferência. Como bichos arredios em uma savana africana, alguns rechaçavam as tentativas de aproximação. No início, quase todos compartilhavam a impressão de que nosso trabalho duro servia apenas para enriquecer o bando de investidores branquelos que compravam suas ações na Bolsa de Amsterdã durante o dia para mais tarde encherem a cara de álcool e maconha nos *coffee shops* espalhados à beira dos canais da metrópole bucólica.

A venda do banco pôs fim a um dos pilares que o fez crescer tanto em tão pouco tempo: a sociedade entre os executivos. A passagem pelos círculos do inferno que nos daria uma participação minoritária na empresa chefiada por Lúcifer se perdeu por completo. A solução encontrada pelo BANG na tentativa de compensar essa carência foi mudar a cara do inferno, oferecendo-nos bônus salariais ainda mais polpudos no lugar das ações. Talvez para se sentirem em paz com a própria consciência, os executivos do BANG também fizeram questão de introduzir conceitos corporativos do mundo civilizado em sua recém-adquirida unidade brasileira. Um holandês foi importado só para cuidar da política de recursos humanos, que acabou com a farra do assédio indiscriminado a estagiárias e subalternas. Elas ganharam ainda a promessa de ascensão na firma e direitos ampliados que as permitissem conciliar carreira e maternidade.

Por tabela, quem também se deu bem foi meu amigo Hugo. Descoberto durante a fase de auditoria do banco, quando atuou bem próximo aos compradores, cavou um retorno triunfante à tesouraria, bem na cabine de comando de nosso Boeing. Nada melhor do que colocar um homossexual em uma posição de liderança para mostrar ao mundo que os tempos no outrora preconceituoso banco de investimentos mudaram. Estimulado pelo suporte da nova direção, Hugo pôde enfim desabrochar. Pela primeira vez em anos pude vê-lo feliz por ter condições de trabalhar onde desejava sem se sentir recriminado. Em retribuição, ele se voltou com ainda mais afinco ao trabalho. Passou a ser comum vê-lo em plena atividade da hora em que chegava ao banco até a hora de voltar para casa. E se havia alguém na época com um bom pretexto para mergulhar no trabalho para compensar o vazio deixado pelo abandono da mulher e do filho, esse alguém era eu.

Ambos contrariávamos a nova política do banco, que desaconselhava as jornadas intermináveis dos executivos. Na política de pagamento de bônus, as metas quase sempre irreais que éramos obrigados a atingir ganharam a companhia de objetivos pessoais. Sem saber o que buscar fora do trabalho depois de tanto tempo concentrado exclusivamente no banco, coloquei entre minhas prioridades pessoais assistir a um show de João Gilberto. Não era uma tarefa tão simples se levássemos em conta de quem se tratava. De forma velada, nutria uma meta ainda mais difícil de ser alcançada: conhecê-lo pessoalmente. Estava disposto a oferecer o quanto fosse para realizar meu desejo, da mesma forma que Bernardo. Não me importava em me decepcionar se João agisse como um velho bobo e distante da realidade. Aos olhos dele, Bernardo e eu devíamos parecer tão ou mais idiotas, com nossos modos acelerados e raciocínio cartesiano.

A nova orientação no banco cumpriu em pouco tempo o objetivo de diminuir o estresse e o clima bélico no ambiente de trabalho. Era possível conversar sobre amenidades com algum colega por mais de dois minutos no café sem a sensação de que algo terrível acontecia à sua revelia. Até as drogas consumidas do nosso traficante interno mudaram, com o aumento da procura por maconha, antes discriminada pelo efeito relaxante e disléxico, o oposto do que se desejava. As jornadas de fim de semana se tornaram raras, ainda que algumas pessoas como eu se recusassem a se desligar por completo e continuassem a acompanhar o noticiário internacional.

Os tempos também mudavam, mas para pior, do lado de fora de nossas paredes refrigeradas. Como não parávamos de ganhar dinheiro, fomos um dos últimos a perceber. A compra do BIG pelo exorbitante preço de cinco bilhões foi uma das últimas extravagâncias de uma época de bonança que estava perto do fim. As preocupações com o estouro de uma bolha imobiliária nos Estados Unidos, algo que deveria ser localizado e sem grandes consequências, ganhavam proporções maiores. Enquanto todos tentavam entender o que acontecia, o apetite por aplicações de maior risco, como os IPOs de empresas desconhecidas localizadas em países emergentes, era nulo. Depois de enterrarem bilhões na crença cega no futuro do Brasil, os estrangeiros começavam a vender as suas ações na Bolsa a qualquer preço.

— Tem certeza de que estas ordens de venda estão certas? — questionei o chefe da mesa de operações da nossa corretora.

— Se eu estou errado, o resto do mundo também está — ele respondeu, apontando para uma das telas em frente, na qual mostrava os gráficos de queda das bolsas internacionais.

— A típica neurose dos mercados — comentei.

— Desta vez, não — disse uma voz, por trás de mim. Era Bernardo.

Desde que comecei a trabalhar no banco, a Bolsa atravessou vários momentos semelhantes. Em poucos dias, depois de perdas que podiam passar dos dez por cento, as coisas não só voltavam ao normal como rendiam lucros fabulosos aos que mantiveram o sangue-frio e compraram ações quando todos vendiam. Não havia motivos para pensar diferente. Todos os analistas, que deviam usar modelos econômicos formulados em planilhas milagrosas como a minha, apontavam que a Bolsa terminaria com uma alta de mais de trinta por cento. Podia não ser muito para quem se acostumou a ver o preço das ações dobrar de valor de um ano para o outro, mas não havia outra promessa de ganho tão grande em tão pouco tempo dando sopa por aí. As razões para otimismo iam além. A Petrobras acabara de fazer uma inédita megadescoberta de petróleo na camada do pré-sal, capaz de transformar o Brasil em poucos anos em uma das potências mundiais econômicas e geopolíticas.

— Está tudo sob controle — falei. — Os americanos vão baixar os juros e deixar o dinheiro queimando nas mãos dos investidores, que voltarão correndo pra nós.

— Nós não estamos lidando com uma crise econômica, e sim de confiança. Onde você deixaria o seu dinheiro na véspera do apocalipse?

Imaginei que o prognóstico de Bernardo estivesse mais relacionado ao frequente mau humor desde a venda do banco do que a uma análise séria. Sem quebrar o compromisso de não mexer na forma como Bernardo conduzia os negócios, os novos donos mudaram a cara do BIG, e para pior, na visão do antigo controlador, que agora não passava de mais um empregado. Um empregado muito importante, é verdade, mas que não podia mais influir sobre os nossos destinos. Nas várias reuniões das quais participamos em conjunto com os holandeses, ele não deixou de alertar que o plano de conceder mais liberdade aos funcionários era muito bonito no papel, mas traria consequências. A maior delas seria a queda de lucratividade do banco e a perda de espaço para os concorrentes.

— Estimular a ganância dos executivos vai contra a nossa estratégia. Temos um compromisso de longo prazo com o Brasil, por isso não nos importamos se a rentabilidade do banco for um pouco menor agora.

— Ora, vamos lá — ele disse, rindo. — A quem vocês querem enganar? Estamos entre amigos aqui. Todos estamos nesse negócio por uma razão bem simples: ganhar dinheiro. Do contrário, qual o sentido de tudo isso?

Os executivos holandeses se entreolharam com um ar surpreso, antes de comentar:

— Nem todos são iguais a você, Bernardo. Acreditamos sinceramente que um banco não tem razão de existir se não aliar lucro e continuidade, não só dos negócios como de todo o ambiente ao redor, o que inclui funcionários, fornecedores e, por que não, até mesmo os concorrentes.

Eu não podia deixar de concordar com Bernardo que era um discurso ridículo, apesar de parecer sincero. Os holandeses acreditavam em um jogo no qual todos ganhavam, enquanto ele só via a possibilidade de um vencedor. No início, os dois se mostraram certos. Os resultados de fato caíram, mas não se podia jogar a conta no novo e feliz ambiente de trabalho. Havia uma crise lá fora e, nessas horas, um clima ruim no banco só tornaria a situação pior. Ao contrário, a camaradagem recém-descoberta atenuou a tensão na equipe de mercado de capitais, que na falta de algo melhor para fazer passava os dias em animadas conversas no café. Como as mulheres se acostumaram a não vê-los tão cedo em casa, muitos estendiam o bate-papo para as mesas de bar na região.

Na tesouraria, como sempre, a voltagem era alta. Os prejuízos nos outros mercados eram compensados em parte pela mesa de câmbio pilotada por Hugo. Com sangue-frio, ele manteve a aposta certeira na queda do dólar, enquanto a maioria achava que a debandada dos estrangeiros da Bolsa pudesse fazer com que a moeda americana se fortalecesse. Era uma posição muito arriscada até mesmo para os nossos padrões ousados. Não havia dúvida de que ele voltara ao lugar que lhe pertencia por direito. Com os olhos marejados pela rotina autoimposta, passava os dias entre o telefone e os vários terminais de cotações e notícias, e à noite mantinha um ritual obsessivo de conferência e registro das posições, um trabalho que aprendeu no período em que esteve à frente do serviço burocrático no *back office* e insistia em não largar. Era impossível negar, porém, que algo em Hugo se perdera para sempre desde o momento em que pisou no BIG pela primeira vez.

— Você não se olha no espelho, não? — questionou-me Valéria, durante uma das visitas ao meu filho, quando comentei sobre meu amigo. — Você mudou muito mais que Hugo, e sem precisar reprimir a sua sexualidade.

— Eu não podia ser aquele estudante despreocupado para sempre.

— Nem precisava ter se transformado em alguém tão frio e que só se importa com o próprio ego.

Eu sabia que aquela era uma armadilha para uma discussão antiga, mas não resistia à tentação de cair nela. Repetir os argumentos era uma forma de convencer pelo menos a mim mesmo.

— Não é verdade — falei. — Fiz de tudo para me livrar do banco o quanto antes. Agora caí numa armadilha e preciso ficar, senão meu trabalho vai ser todo jogado fora.

— Quem criou a armadilha foi você mesmo, Rodrigo.

— Seja como for, agora estou preso e preciso lidar com isso.

Valéria tinha um talento especial para apontar meus defeitos, mas ela própria se mostrava propensa a voltar a viver comigo, o que na prática significaria repetir o erro e cair na mesma armadilha que eu. Quem sabe se o banco fosse vendido meses antes uma reconciliação fosse possível? De alguma forma, contudo, estava mais habituado à ausência dela e da criança do que o contrário. Eu imaginava que os dois podiam estar em qualquer lugar do enorme apartamento que aluguei para ostentar de forma discreta nossa ascensão social. Ainda que tivesse mais de quatrocentos metros quadrados à disposição, na maior parte do meu tempo livre eu ficava encerrado no recanto onde ouvia meus discos. Era lá também que me recostava para ler até pegar no sono. Não era raro despertar no meio da madrugada ainda vestido com a roupa do escritório e um livro aberto sobre o colo. Na noite em que levei Bianca para casa, mal soube apresentá-la a todos os cômodos.

— Que tal começarmos nossa festinha por ali? — ela perguntou, ao ver a piscina aquecida no deque. Ela já havia tirado parte das roupas quando a interrompi.

— Melhor não, já está tarde. E pode incomodar os vizinhos.

— Para que ter uma piscina no apartamento se você não pode usar quando tiver vontade?

— Essa é a história da minha vida. Vamos, eu tenho uma boa hidro em alguma das suítes. Quero usar a piscina em um momento especial.

— Vai me deixar ofendida.

— Não me entenda mal, esse momento é especial. Estava me referindo a uma brincadeira que ainda quero fazer, coisa de criança.

— Que tipo de brincadeira?

— O que é isso, uma entrevista? Melhor não dizer, tenho vergonha...

Bianca manteve o ar inquisidor e deixou claro que não se conformaria com meia resposta, como sempre.

— Tudo bem. É uma grande bobagem, de qualquer maneira. Um dia quero encher essa piscina de dinheiro...

— Como o Tio Patinhas? — ela interrompeu. — Não me diga que você quer encher essa piscina de moedas douradas pra pular em cima?

— Fisicamente não seria possível. Moedas não são como bolinhas de plástico. Ainda estou atrás da consistência ideal da água para mergulhar sem me machucar nem me intoxicar com as notas. Mas já guardei um milhão em dinheiro vivo pra despejar nela.

— Rodrigo, você não teve infância, não?

— Ao contrário. Acho que não tive vida adulta.

15
chega de saudade

Salvador, 5 de setembro de 2011
Saldo: R$ 200.001.000,00

O som do violão ecoava como uma assombração liberta depois de séculos encerrada em um velho porão. Havia algo de sobrenatural, ou sagrado, em cada nota disparada pelo pequeno fantasma sentado a aproximadamente três metros de onde eu estava. Como fiéis paralisados por uma alucinação coletiva, tudo o que podíamos fazer era dar glórias a nosso deus, de preferência em silêncio. Qualquer movimento brusco poderia pôr fim ao encanto e fazer com que a visão se fosse.

Para os privilegiados que testemunharam a aparição de João Gilberto naquela noite, o simples fato de ver o ídolo devia bastar. A voz e o instrumento, depois de se tornarem um só, pareciam agora se fundir à paz daquele enorme ambiente que se encolhia para ouvi-lo. O zunido dos acordes e do sopro das cordas vocais fazia cócegas em meus ouvidos entorpecidos, enquanto o resto do corpo inclinava-se na tentativa de captar algo mais de cada canção, uma respiração que fosse, e retê-la na memória.

A confirmação da turnê comemorativa de cinquenta anos da bossa nova foi providencial, de outro modo não cumpriria a meta pessoal estabelecida na nova forma de contabilização do bônus. Quando se tratava de João Gilberto, porém, a questão sempre ia além das finanças. Antes de chegar a Salvador, passamos por Rio e São Paulo, onde me bastariam apenas trinta reais para assistir ao show, se fosse rápido o suficiente para adquirir as entradas, esgotadas em pouco mais de uma hora.

Agilidade é a especialidade de quem trabalha no mercado financeiro. Em pouquíssimo tempo, num lance de sorte misturado com habilidade e alguma desfaçatez, você pode estar do lado de fora ou na primeira fila. Na posição que eu finalmente alcançara, não precisava mais me preocupar em conseguir ou não ingressos. Agora, na condição de presidente do BIG BANG Bank (ou BANG BIG Bank), tinha lugar cativo ao lado das autoridades e a uma distância mínima de João e sua voz e violão. Mesmo hoje é difícil não ficar surpreso quando penso em como fui parar naquele lugar.

O executivo a quem sucedi na posição mais importante do banco encontrava-se no mesmo teatro, algumas fileiras atrás, em posição perfeita para me alvejar. Foi possível mirá-lo por uma fração de segundos antes que o gesto fosse tomado por medo ou petulância. Um observador mais atento notaria sem dificuldade a tensão formada pela proximidade entre nós, ainda que desconhecesse as disputas pelo poder dentro de uma instituição financeira. Não que a ascensão de Rodrigo Antunes, um jovem prodígio de apenas trinta anos, ao topo de um dos principais bancos de investimento do país, recém-vendido para um gigante conglomerado europeu, não tenha rendido muita repercussão na mídia especializada. Sem falar na súbita queda de Bernardo Figueira, a lenda viva das finanças nacionais, sob boatos de conspiração e tentativa de golpe contra a alta cúpula do BANG.

De um lado do *foyer* do auditório, ele surgia longe dos holofotes e acompanhado da mulher, como mais um anônimo endinheirado admirador da obra de João Gilberto. Não havia nada na expressão dele que denotasse qualquer aspecto de derrota. Do outro, eu aparecia rodeado por uma comitiva de convidados, que incluía executivos e empresários europeus fãs de bossa-nova. Ao saber da presença de um banqueiro, uma legião de produtores e celebridades passou a orbitar como moscas ao nosso redor, na esperança de que, dos restos dos canapés e bebidas fajutas do coquetel servido antes do show, eu decidisse sacar o talão de cheques para patrocinar uma peça qualquer. Naquele momento, somente a paixão pela música unia Bernardo e eu. E também foi o estopim de nosso rompimento.

O anúncio dos shows de João Gilberto surgiu em sites na internet alguns meses antes. Assim que soube da notícia, corri para avisá-lo.

— Esses produtores são mesmo uns filhos da puta — ele disse, sem me dar muita atenção. — Nosso concorrente tirou todo proveito da divulgação, como se o dinheiro fosse só deles.

— Você quer me dizer que já sabia do show?

— Eu jamais me perdoaria se o banco não fizesse parte desse negócio.

— Você sabe há quanto tempo eu espero por essa oportunidade? Esse show não é um mero negócio pra mim.

— Não seja hipócrita, meu caro. Não fui eu quem colocou o João Gilberto entre as metas de desempenho aqui no banco.

— Mas por que você não me contou nada sobre o show?

— Não tenho nenhuma obrigação de lhe contar nada. Não somos amigos, ninguém pode ser amigo de ninguém aqui. Não sei mais de que lado você está.

— Pra você tudo é competição, mas essa partida já acabou. Não se esqueça: você não é mais o dono do banco. Vendeu porque quis e foi muito bem pago por isso.

— Você tem razão nesse ponto. Se fui muito bem pago pra vender, nada me impede de pagar para comprar de volta.

Bernardo não escondia um profundo arrependimento pela venda do banco. Não foi o dinheiro que o motivara na ocasião, e sim a possibilidade de ampliar o poder para além das fronteiras do país. Ele queria expandir os domínios para outros países latinos que também estavam em crescimento, uma chance de repetir o que ocorreu com o Brasil nos anos anteriores. Debaixo de um grande conglomerado internacional, o BIG teria condição não só de se defender de um ataque como de amedrontar os potenciais oponentes.

O temor com a concorrência externa se revelou exagerado, um grande e raro equívoco de Bernardo. Os grandes bancos de investimento internacionais, protagonistas de uma das fases de maior bonança da economia na era pós-globalizada, começaram a apresentar prejuízos monumentais com o estouro da bolha de crédito imobiliário nos Estados Unidos.

Um livro de autoajuda não vale muito se não ensinar nada. Então, talvez valha a pena relembrar como o mundo que conhecemos quase foi implodido por terroristas que professavam uma vertente mais radical da religião capitalista. Uma das maiores habilidades de um banco, aqui ou em qualquer lugar, é a de "fabricar" dinheiro. Na versão mais simples, o milagre da multiplicação dos peixes funciona assim: eu tomo um real de um "amigo" e prometo entregar de volta um e vinte daqui a dois anos. Nesse prazo, empresto o mesmo um real para outro "amigo", sob a condição de receber dois reais. No fim, devolvo o dinheiro de quem me emprestou lá no começo com a correção e embolso oitenta centavos de lucro. Nem é preciso dizer que a brincadeira só dá certo se eu escolher bem as pessoas para quem emprestar. Com o tempo, alguém teve a ideia brilhante de fazer a caixa registradora girar mais rápido, com a venda dos empréstimos que o banco fez para outros bancos ou investidores. Assim, em vez de esperar dois anos para ganhar oitenta centavos, eu poderia levar, digamos, vinte centavos no dia seguinte e, com esse dinheiro, emprestar para mais "amigos" nas mesmas condições e multiplicar o meu lucro, dependendo da minha capacidade de "reciclar" a carteira de empréstimos.

A operação de reciclagem, que ganhou o nome complicado de "securitização" para parecer algo sofisticado, era ideal para ser aplicada no mercado imobiliário, no qual os empréstimos eram de muito longo prazo. Como havia a garantia de tomada do imóvel caso o devedor não pagasse, os bancos começaram a fazer vista grossa e emprestar para qualquer um que passasse pela calçada de uma agência. Quem comprava os créditos podres também não se importava com os riscos, porque o dinheiro farto para a compra de casas, que em última análise lastreava os financiamentos, fez o preço disparar. A alta dos imóveis atiçou a ganância dos proprietários, que começaram a tomar empréstimos para comprar novas casas dando a primeira como garantia. Toda essa montanha incalculável de dinheiro que, no fundo, não existia, foi reempacotada e reciclada inúmeras vezes. O estouro da bolha aconteceu quando os calotes nos pagamentos dos empréstimos ficaram tão altos que os credores foram obrigados a retomar os imóveis e vendê-los para recuperar o dinheiro. Com o súbito aumento da quantidade de imóveis à venda, a infalível lei de oferta e procura se fez valer, só que do lado contrário, e o preço despencou.

As perdas no ramo de créditos imobiliários podres deram trabalho suficiente para os concorrentes não nos importunarem. Em maior ou menor escala, fosse na concessão de créditos ou na compra de títulos lastreados nos créditos podres, estavam todos implicados na crise. A certa altura, as autoridades brasileiras chegaram a se vangloriar por não embarcarmos na farra. Discursos políticos à parte, só escapamos porque estávamos tão atrasados em relação ao resto do mundo que ainda estávamos ocupados demais em ganhar dinheiro em áreas exploradas pelo menos duas décadas antes no exterior.

Agota como parte de um grande conglomerado internacional, o BIG também ficou vulnerável à crise do sistema financeiro no exterior. Mesmo sem ter feito parte da festa, era bem provável que fôssemos convocados no fim para arrumar parte da bagunça. Eram poucos os que sabiam quanto estava em jogo. Uma das belezas desse mercado era a total falta de transparência, um sonho de consumo para financistas sem escrúpulos e em busca de fortuna rápida como nós. Na dúvida sobre qual seria o tamanho da conta, os investidores saíram vendendo a qualquer preço as ações de todos os bancos mundo afora. Na Bolsa de Amsterdã, o BANG já não era a sombra do conglomerado em expansão que concordou em desembolsar bilhões por um promissor banco de investimentos brasileiro meses antes.

O que eu não sabia era da disposição de Bernardo em fazer o trabalho de faxina. O banco não era o mesmo depois do “verão do amor” que sucedeu a tomada do controle pelos holandeses. Para quem enxergava o copo meio cheio, como eu, a mudança fora para melhor. Com o fim das metas que vinculavam o bônus a uma espécie de ranking que forçava os executivos a competirem entre si, um clima de cordialidade floresceu entre as pessoas. Os rígidos padrões éticos incorporados pelos novos patrões nos obrigavam a pensar no todo, e não apenas no próprio umbigo. Um negócio lucrativo para o banco devia ser evitado se também não fosse bom para o cliente. E se o negócio em questão envolvesse, por exemplo, uma madeireira suspeita de devastação da floresta, a ordem era ficar de fora e ignorar o retorno financeiro, por maior que fosse. Para agradar aos holandeses em alguma reunião, bastava mencionar uma palavra, em um contexto qualquer: "sustentabilidade".

Com uma mistura de surpresa, receio e encantamento, não muito diferente de um Tarzan depois de toda uma vida em meio aos macacos, comecei a acreditar que era possível ganhar dinheiro no mercado financeiro e manter um mínimo de dignidade. Não demorou até os valores dos holandeses se chocarem com os de Bernardo, que enxergava na mudança filosófica a razão da queda dos negócios do banco naquele ano de crise.

— Olhe para fora, estão todos sangrando. Tivemos sorte de vender o banco no melhor momento. Agora é esperar a situação melhorar — eu disse.

— Rodrigo, não foi olhando para fora que eu construí o BIG. Foi saindo na rua, em dia de chuva ou de sol, e com sangue nos olhos. As pessoas aqui se acomodaram. Esse era um risco que eu sabia que corria ao vender o banco, mas pensei que pudesse impedir.

— Talvez tenha sido um pouco ingênuo da sua parte achar que nada mudaria depois da venda. E se eles estiverem certos? Eu vejo as pessoas felizes, não acomodadas. Com sangue nos olhos e no meio de toda essa crise provavelmente alguém já teria sido morto aqui dentro.

As discordâncias entre mim e Bernardo se tornaram mais frequentes e se estenderam às reuniões de trabalho. Embora a última palavra ainda fosse dele, as decisões contavam com a participação de Amsterdã, onde ficavam os "diretores globais" das nossas áreas de negócio. Sempre com o respaldo dos holandeses, mostrei que os velhos truques para empurrar goela abaixo dos investidores ações de quinta categoria não eram alinhados com as práticas do BANG. Como no resto do mundo a situação não era muito diferente, Bernardo foi obrigado a concordar que o momento era de interromper os planos das empresas que nos contrataram para coordenar a abertura de capital na Bolsa.

Com diferenças ideológicas e práticas, nos afastamos e só mantivemos relações protocolares. Mas foi apenas quando Bernardo omitiu a informação de que o banco seria um dos patrocinadores do show de João Gilberto que tive a certeza de que havíamos cruzado a frágil fronteira da confiança mútua, de onde não havia mais possibilidade de volta.

Em determinado ponto, não importava mais quem estava certo. A divisão entre a eficiente agressividade do antigo BIG e a harmoniosa filosofia do lucro sustentável implantada pelos novos donos nos levaria ao naufrágio. Por mais que pudesse espernear, Bernardo sabia que não podia mais agir como se ainda detivesse o controle do banco. Quando ele insinuou que poderia comprá-lo de volta, já havia um comentário abafado nos corredores de que as dificuldades enfrentadas pelo BANG lá fora podiam acabar com a aventura tropical dos holandeses antes da hora.

Era Hugo quem me mantinha informado. De alguma maneira, enquanto ficava grudado na tela de cotações do dólar, ele se informava sobre o que acontecia. O mesmo terminal de negociação contava com um programa de troca de mensagens criptografadas, por onde os operadores do mercado trocavam fofocas durante todo o dia como velhas comadres na janela.

Hugo representava a nova fase do banco. O sucesso dele era a prova de que o modelo dos holandeses era vencedor. Bernardo sabia disso e mantinha o discurso de que ele assumia riscos demais no mercado. Era um argumento vazio, já que todas as posições estavam dentro dos limites estabelecidos pelo banco e eram controladas pelo *back office*. Longe das rédeas sexistas impostas pela gestão anterior, Hugo conquistava dinheiro e corações. Ele me confidenciou que estava de caso com um dos superintendentes da área de crédito, um inglês vindo da sede em Amsterdã.

— Aproveite enquanto pode — brinquei. — Se um dia o Bernardo cumprir a ameaça e recomprar o BIG, a primeira coisa que vai fazer é deportar o seu inglês.

— Recomprar o BIG? Você pensa muito pequeno, meu caro — disse Hugo.

Com as dificuldades financeiras enfrentadas pelo BANG lá fora, não seria uma missão impossível retomar o controle da filial brasileira, talvez fosse até um favor. Os planos, contudo, iam muito além, conforme os boatos mais recentes veiculados na rede de troca de mensagens instantâneas. Por baixo dos panos e com parte do dinheiro recebido pela venda do BIG, Bernardo comprava ações do BANG. O banco holandês tinha o capital pulverizado na Bolsa de Amsterdã. Em outras palavras: não tinha um acionista principal nem um dono com plenos poderes. Dessa forma, qualquer pessoa com dinheiro e uma dose de insanidade podia ir até a Bolsa e fazer uma proposta para levar o banco para casa. E por que ninguém fazia isso? Antes da crise, as ações estavam tão caras que seria impossível, e naquele momento parecia mais uma missão suicida, e igualmente difícil, pois não havia dinheiro sobrando em parte alguma. Não à toa, Bernardo tentava angariar para a empreitada um grupo de investidores do Oriente Médio. Donos de um deserto coberto de poços de petróleo, os xeiques fundamentalistas queriam diversificar os negócios. Nos dias em que visitaram o banco, sob o pretexto oficial de que buscavam oportunidades na área de petróleo no Brasil, tivemos de sumir com as mulheres do escritório e providenciar uma sala de reunião na posição voltada para Meca para que cumprissem os ritos religiosos.

Bernardo tratava do assunto de forma reservada e deixou quase todos, inclusive a mim, de fora das conversas. Foi preciso unir as peças do complexo quebra-cabeça conforme as informações vazavam. Uma simples troca de donos, dos hippies holandeses para os homens-bomba, não valeria o trabalho. Eu sabia que ele queria o controle sobre o conglomerado e soube convencer os futuros sócios de que a alternativa era a melhor e mais lucrativa. Pelo acerto, os magnatas entrariam com dois terços da grana, mas só ficariam com metade do BANG. A outra parte do dinheiro viria em forma de um empréstimo para Bernardo, que deve ter oferecido a alma e mais setenta virgens a Alá como garantia. Só podia ser essa a explicação para a repentina barba que passou a ostentar. Se tudo desse certo, Bernardo sairia da história como um dos homens mais poderosos do mundo financeiro, e também um dos maiores canalhas.

Depois de todo o malabarismo financeiro, ele levantara algo em torno de vinte bilhões, pouco mais da metade do que precisava para fazer uma oferta pelo BANG na Bolsa. Mesmo sendo o suficiente para deter o poder sobre a instituição, Bernardo queria mais. Afinal, por que não levar quase de graça algo que já estava muito barato? Como Maomé não podia comprar a montanha, era preciso fazer a montanha caber no bolso de Maomé. O trocadilho deixaria os novos amigos de Bernardo orgulhosos. Só não sei o que a fé islâmica diria do jogo sujo que o sócio cristão ocidental armou para que o plano desse certo.

Uma das primeiras lições que aprendemos sobre um banco é que, assim como a mulher de César, qualquer suspeita sobre sua condição pode ser fatal. Nenhum banco no mundo resiste à desconfiança, mesmo falsa, de que possa quebrar. Foi só quando os primeiros boatos sobre a saúde financeira do BANG começaram a aflorar que consegui ligar todos os pontos. Não era preciso muito esforço para desestabilizar um banco naquela época, bastava um rumor sobre novas descobertas de títulos de hipoteca podres para o mundo financeiro desabar. Nesse período, alguns espertinhos descobriram uma nova e rápida maneira de fazer dinheiro: apostar na queda das ações de bancos, não sem antes espalhar uma mentira qualquer para forçar um clima de histeria. Era um ambiente propício para Bernardo plantar e disseminar a semente maligna. Assim, unia o útil ao lucrativo, ao fazer mais algum dinheiro que futuramente o ajudaria a arrematar a presa. Eu não me espantaria se ele saísse no papel de grande herói no fim da história.

O plano era ótimo, mas só seria bem-sucedido se executado em silêncio. Na manhã em que o *Jornal Econômico*, em uma reportagem de Bianca Siqueira, divulgou detalhes sobre a tentativa de Bernardo Figueira de tomar o controle global do BANG, pude presenciar a onda se formar ao longe para derrubar o castelo de areia.

— Talibãs, manipulação de ações, traição... Bernardo seria bem capaz de tudo isso. Mas qual o seu interesse em me revelar as tramoias dele, Rodrigo? — ela disse, quando revelei os bastidores da operação, sob a condição de anonimato total.

— Desde quando as motivações das suas fontes lhe interessam?

— Você não é uma fonte qualquer, pensei que soubesse disso. Não posso publicar nada dessa história só porque você me disse. Preciso checar as informações.

— Acha que o seu amigo Bernardo vai lhe dizer algo? Eu sei que ele também é sua fonte.

— Tenho minhas maneiras de apurar essa história. E minhas fontes não são da sua conta.

Pelo visto, Bernardo tinha outros inimigos bem-informados. Quando a reportagem foi publicada, havia detalhes que eu mesmo desconhecia, como a cumplicidade de alguns membros da cúpula do BANG na Holanda, o que justificava a lentidão do banco em reagir aos boatos. Procurado pela jornalista, o BIG se recusou a responder, sob a alegação de que não comentava "rumores de mercado". Do jeito em que a matéria foi escrita, a posição do banco serviu como um recibo para a história publicada.

Fosse ou não verdadeira, no todo ou em parte, a notícia fez o estrago previsto. Bernardo convocou os principais executivos e ex-sócios do antigo BIG para uma reunião de urgência no meio da madrugada. Nos bastidores, fez de tudo para evitar a publicação da reportagem, com ameaças diretas aos donos do *Jornal Econômico*. Mas era tarde. Antes das oito da manhã, estávamos todos de frente para ele. E pela primeira vez pude notar um leve sinal de abatimento, na voz e nos gestos.

— Vocês todos devem imaginar o quanto essa matéria é perniciosa, talvez não tanto ao banco, mas a mim — falou, com um exemplar aberto logo à frente. — Como eu não acredito que a jornalista tenha inventado a história, até por falta de capacidade, alguém que talvez ache que saiba demais deve ter se dado ao trabalho de inventar por ela.

Como um boxeador campeão prestes a levar o primeiro nocaute da carreira, ele procurava nos rostos atônitos e cansados da noite mal dormida o responsável pelo golpe que o levaria à lona. Não se deteve em mim por mais tempo que nenhum dos outros. Ele não precisava da reunião nem de fazer nenhuma leitura facial para descobrir o Judas. Em nossa representação da última ceia, com expressos ultrafortes no lugar do vinho, o traidor não tardaria a se manifestar.

— Por que não admite logo que está acabado em vez de se lamentar sobre o que sai nos jornais? — questionei, em voz alta, interrompendo a fala nervosa dele.

As atenções voltaram-se todas para mim por um breve instante antes de se voltarem ao ponto inicial, à espera da réplica, que veio inicialmente com um sorriso. Devia fazer anos que ninguém o afrontava daquele modo. Mesmo as discordâncias de Vendano foram sempre tímidas demais para serem consideradas.

— Não chega a ser um lamento, Rodrigo — ele respondeu, enfim. — É claro que estaria mentindo se dissesse que não fiquei surpreso com a situação. Mas se eu quisesse tomar satisfações com algum de vocês teria feito assim que fui procurado pelo jornal para dar a minha versão da história. Quanto a estar acabado, deixo esse julgamento pra você.

A incrível calma que mantinha, enquanto meus nervos saltitavam em meio aos poros suados sob o colarinho, era por si intimidadora. Mas eu não queria dar o gostinho da vitória nesse confronto, que no fim era só o que ele teria.

— Então espero que você aproveite essa reunião para se desculpar por quase ter arruinado tudo — falei.

Desta vez ele não demorou na réplica.

— Os holandeses vão ser esmagados cedo ou tarde, por mim ou pelo primeiro que perceber o quanto estão fodidos. Ou você acha de verdade que esse banco vai mais longe com essa política de paz, amor e lucros? Isso aqui é a Cassinolândia, não a Disney!

Senti uma mão pousar no meu ombro, como se para me acalmar e encerrar a discussão. O tipo de gesto que só servia para me inflamar ainda mais.

— Eu prefiro não discutir aqui modelos de gestão de um banco. Esteja você certo ou não, tenho certeza de que se envolver com investidores suspeitos e passar os holandeses para trás não é a melhor solução.

— Estamos aqui falando de coisas que eu poderia ter feito, mas não fiz nem você pode dizer que eu faria — ele respondeu, sem se entregar. — Agora, se você acha que sou movido só pela ambição, o que dizer de quem resolveu estragar os meus supostos planos? Provavelmente não foi um mero senso de justiça que fez o vingador mascarado espalhar a notícia na imprensa.

— Não tenho como saber as intenções de quem entregou você — disse, seguindo o exemplo dele, com toda a desfaçatez que me era possível.

— Pode ter certeza de que não foi a simples vontade de fazer a coisa certa, nem a empatia conquistada pelos holandeses, que motivou o traidor.

Ele falava sem tirar os olhos de mim, enquanto os outros executivos nos olhavam perplexos, sem coragem de deixar a sala e se fazerem notar.

— Deve ter sido pura maldade, então — falei, sem perceber que caía em uma armadilha.

— Não, meu caro. A motivação do traidor foi a mesma que teria me levado a armar um plano suicida, ao lado de investidores que poderiam muito bem se passar por terroristas suicidas também, espalhar boatos e me aproveitar do desespero generalizado para fazer o negócio da minha vida — disse Bernardo.

Na tentativa de não esmorecer, eu mantinha o olhar fixo na ponta da mesa onde ele se encontrava. Até "finalmente" entender aonde ele queria chegar.

— Você faria o mesmo se estivesse no lugar do traidor — respondi, em voz baixa.

— Você também, se estivesse no meu.

A publicação da reportagem desencadeou uma sequência de eventos sobre os quais nenhum de nós podia ter controle. A notícia de uma possível oferta de compra teve repercussão internacional e fez as ações do BANG dispararem na Bolsa de Amsterdã. Por tabela, jogou por terra o projeto de

Bernardo, que só ficaria de pé se pudesse pagar uma pechincha pelo banco. Os sócios talibãs sumiram ao perceberem a barca furada. Como também era esperado, houve pressão por todos os lados pela cabeça do banqueiro brasileiro safado. Dos acionistas minoritários, revoltados pela manipulação na Bolsa que ajudou a drenar seu patrimônio, ao conselho de administração, que precisava dar uma resposta à altura para afastar qualquer suspeita de participação no conluio.

Se fosse um funcionário qualquer, Bernardo não passaria mais um dia no cargo. Mas era também um importante credor, com mais de dois bilhões e meio para receber da parte que lhe cabia da venda do BIG. Foram semanas de negociação e viagens constantes entre Amsterdã e São Paulo até o acerto dos termos de renúncia da presidência do banco, que conforme o comunicado oficial se deu "por motivos pessoais". Um grupo de outros três antigos sócios do BIG igualmente insatisfeitos usou a deixa para negociar a saída.

Os holandeses também aproveitaram o período para preparar o terreno para a escolha do sucessor. Era preciso alguém com competência comprovada e que estivesse disposto a aceitar uma tutela maior da matriz. A ordem era evitar ao máximo que se criasse um novo monstro no chiqueirinho brasileiro. Em busca de um nome que representasse uma antítese da gestão anterior, ninguém parecia mais apropriado do que eu. Ao entregar o comando a um jovem de trinta anos, o banco manteria a tradição de formar talentos precoces, como aconteceu com o próprio Bernardo. Aos quarenta e quatro, e na condição de bilionário desempregado, ele cruzou a grande mesa de operações da tesouraria sem se despedir. Com a ajuda de um trainee puxa-saco que também deixou o banco para acompanhá-lo, levou em duas caixas de papelão todos os objetos pessoais que julgava importantes. Por um momento, a barulheira típica dos operadores deu lugar a um silêncio solene, como só voltei a presenciar durante os shows de João Gilberto.

Acredito que Bernardo não tenha ficado de todo enfurecido comigo quando teve o plano de conquista do BANG revelado na imprensa, nem após o confronto direto na reunião dos executivos. Correr riscos e saber das possíveis implicações em caso de algo dar errado eram condições mínimas para se chegar a algum lugar no mundo financeiro. O pior, creio eu, foi ter deixado de usufruir da influência de banqueiro justo na época das apresentações de João Gilberto. Como principal representante de um dos patrocinadores, herdei os lugares no auditório que cabiam ao antigo chefe. Bernardo arrumou um jeito de não perder a apresentação. Soube-se que, depois de esgotados em questão de horas, os mil e seiscentos e doze ingressos passaram a valer pequenas fortunas, em mais um exemplo da sempre válida lei de mercado. Não havia dinheiro, contudo, que pudesse pagar por um dos lugares reservados nas primeiras fileiras, onde eu me encontrava.

A proximidade do palco me permitia mais que acompanhar a apresentação com uma visão privilegiada do artista. Eu podia *ver* o som. A voz exaurida do senhor de setenta e sete anos, sempre acompanhada das batidas ilógicas do violão, propagava-se no vácuo deixado pelo silêncio da plateia a ponto de se tornar sólida, para em seguida se condensar e formar nuvens, que logo se precipitaram em lágrimas. Havia valido a pena todo o sacrifício, enfim. As muitas horas diárias no escritório, as viagens e reuniões infindáveis, as brigas com meus pais, a competição predatória com concorrentes e colegas, o casamento e a separação, a dedicação cega por um objetivo inalcançável. O filme da minha vida no banco passava na minha frente. Era João quem me representava no palco, mas eu o observava de um ponto ainda mais alto. Eu estava no topo, cercado por minhas musas: dinheiro e poder. De onde estava não era mais possível descer, pelo menos não de uma forma que não fosse muito dolorosa.

Cada um dos quatro shows da turnê me trouxe sensações boas e ruins, nunca indiferentes. Bernardo esteve somente na primeira apresentação de São Paulo. Longe das disputas pelo controle do banco, poderíamos passar horas compartilhando nossas experiências, das minúcias das canções antigas retrabalhadas à exaustão às surpresas do repertório, gemas desconhecidas que só a memória de João Gilberto parecia preservar. Eu sentia quase uma necessidade cívica de relatar a meu ex-chefe sobre a noite única em que cantou em Salvador e ele não esteve presente. Havia um clima de intimidade como talvez o artista só sentisse quando estivesse próximo dos seus, em pequenos gestos imperceptíveis a olhos não treinados e mesmo na escolha das canções.

Depois das mais de duas horas de apresentação, e de quase dez somando toda a turnê, multiplicadas a algumas doses de destilados na área VIP do teatro, tomei coragem de me dirigir aos bastidores e camarins. Para minha surpresa, fui impedido de passar.

— Só quero falar um pouco com ele, olhar mais de perto — eu disse. Ao insistir, devo ter usado um tom um pouco acima do apropriado para um local como uma apresentação de João Gilberto. Em instantes, me vi rodeado por várias pessoas, incluindo autoridades locais e membros da produção.

— Desculpe-me, senhor Rodrigo. Sei que o banco ajudou muito em toda essa inesquecível turnê, mas o senhor sabe como é o João, muito reservado, ainda mais depois de um show longo como esse — disse o agente dele, que saiu de dentro para me acalmar.

Era a chance de que eu precisava. Chamei-o em um canto afastado dos demais e lhe falei, da forma mais discreta possível:

— Não tem problema. Eu pago o quanto for. Tudo o que eu preciso é de cinco minutos. Ele nem precisa falar nada nem cantar. Só quero dizer o quanto eu o admiro. Eu preciso dizer isso.

O agente me olhou por alguns instantes como se para me medir. E, com uma expressão de asco, respondeu em voz alta para mim e os demais que observavam a movimentação:

— O senhor quer comprar um encontro com João Gilberto?

— Por favor, da forma que você fala parece até que estou tratando, sei lá, de uma mercadoria — respondi, tentando manter um clima cordial.

— E não é?

— Eu sou um grande fã de João Gilberto. E sei que ele já aceitou cobrar um cachê para permitir um breve encontro com outro grande fã — tentei explicar.

— Eu vi como o senhor acompanhou com entusiasmo toda a turnê e fico grato pelo patrocínio. Graças a esse dinheiro conseguimos vender ingressos a preços mais acessíveis para fãs "menores" poderem assistir ao show também. É claro que eu poderia ir até lá dentro e pedir para ele te receber, mais por consideração, porque seria impossível de qualquer maneira. Mas não vou fazer nada disso. João jamais fez algo do tipo com ninguém nem fará com um moleque que se acha melhor do que os outros só porque não tem onde botar tanto dinheiro.

Antes que ele sugerisse um bom lugar onde enfiar os meus milhões e eu fosse expulso pela trupe do cantor, deixei o teatro em direção ao hotel. Sem muita escolha para passar o resto da noite, despejei uma pequena fração do valor que pretendia gastar por cinco minutos perto do meu ídolo em uma garrafa de uísque e uma prostituta de luxo. Não sei se por efeito do álcool, os gemidos dela a meu ouvido lembraram, por um breve momento, os sussurros do criador da bossa nova.

16
lobo bobo

São Paulo, outubro de 2008
Saldo: R$ 102.050.000,00

Depois de atingir o topo, foi como se a montanha tivesse se desmanchado abaixo de mim. Um tanto embriagado pelo poder recém-conquistado, ainda apreciava a bela vista lá do alto quando, na madrugada de segunda-feira, fui despertado por uma ligação de Amsterdã. Como parte das medidas criadas para gerenciar a crise financeira, os principais executivos globais do BANG precisavam dispor de um "telefone vermelho" para serem encontrados a qualquer momento. As notícias, como eu podia imaginar, não eram boas. Mas nada que pudesse ser tão ruim quanto a quebra do banco americano Lehman Brothers. Estávamos falando no maior caso de falência da história do capitalismo em todos os tempos.

— Vamos zerar todas as posições na tesouraria ainda hoje, ao preço que for — eu disse ao pequeno grupo convocado para uma reunião na primeira hora daquela manhã, antes da abertura dos negócios. No jargão do mercado financeiro, "zerar a posição" é o equivalente ao infantil "não brinco mais". A mensagem era simples e significava liquidar a fatura antes que a conta ficasse cara demais. Pela primeira vez em muito tempo estávamos do lado errado da corrente e no mesmo barco.

— Isso é ridículo, a situação está sob controle. É preciso sangue frio nessas horas — respondeu Hugo.

— Zerar posição agora vai comprometer o nosso bônus do ano inteiro — concordou outro.

— O bônus deste ano já foi para o saco há muito tempo. O que vamos tentar é salvar a nossa pele — respondi.

— Me desculpe, Rodrigo. Mas você não tem experiência em tesouraria — insistiu Hugo. — Se Bernardo estivesse aqui...

— Se Bernardo estivesse aqui você não estaria — interrompi, dando um soco na mesa sem medir a força. — Eu mandei zerar a porra das posições e ver o que sobra do Armagedom.

Hugo tinha razão sobre a minha falta de experiência. Em toda a carreira no banco, todo o meu conhecimento se resumia a vender por dez reais algo que valia, no máximo, um real. A repórter Bianca Siqueira soube bem como traçar o perfil do novo presidente, ou CEO, na ridícula sigla em inglês, do BIG BANG Bank em uma matéria para o *Jornal Econômico*. Quem lesse a reportagem seria capaz de apostar que ela conhecia intimamente Rodrigo Antunes. Ela trazia detalhes da carreira e da personalidade do jovem engenheiro formado pela Poli, culto e fluente em cinco idiomas, que começara como trainee no banco seis anos antes. O talentoso analista de empresas, habilidoso na redação dos relatórios de recomendação de compra de ações, não demorou a ser promovido para a emergente divisão de mercado de capitais. No lugar certo e no melhor momento possível, liderou o processo de dezenas de ofertas públicas de ações, os tais "IPOs", e participou de forma ativa das negociações que levaram à venda do banco para os holandeses. Próximo dos novos donos, soube como arquitetar nos bastidores a queda de Bernardo Figueira, que estava em conflito com a nova administração, e alcançar a posição máxima no banco. O tom ferino era uma das marcas do texto de Bianca, que não fez questão alguma de me retratar de forma honrosa. Embora fosse uma publicação segmentada e se considerasse muito mais influente do que realmente era, a edição do *Jornal Econômico* com a reportagem sobre mim não tardou a chegar a Araraquara.

— Eu teria muito mais podres para contar a seu respeito para a jornalista — disse meu pai, ao telefone.

— Se ela conhecesse o senhor pelo menos saberia de onde veio o meu sarcasmo.

— A sua mãe está aqui do meu lado e disse que está orgulhosa. Só te achou meio pálido na fotografia.

— Eles sempre procuram te retratar do pior ângulo possível, não só no texto.

— Ora, até que ficou barato pra você.

— Eu sei. Se no banco o resultado foi esse, mesmo tentando fazer as coisas direito, imagine fora dele.

— Pelo menos você chegou aonde queria.

— Na verdade, eu nunca soube para onde ia. E agora não tenho mais como voltar. Nem quero, porque não vou abrir mão do que conquistei depois de abrir mão de todo o resto.

— Você não me parece infeliz de jeito nenhum, por mais que se esforce pra isso, Rodrigo. Tem tudo o que quer, sempre teve desde que nasceu.

— E quanto a Valéria e o meu filho?

— Você não pode dizer que abriu mão de algo que nunca desejou.

Parecia mesmo tarde para mudar de ideia, ao menos a respeito de Valéria. Soube por minha mãe que ela começara a namorar um professor da universidade meses antes, um velho pobretão que passara a vida estudando a semiótica de obras literárias à custa do Estado. Podia bem ser ciúme, mas o que mais me incomodava no romance era a ideia de a pensão do meu filho ser desvirtuada para sustentar o intelectual de araque. Em outros tempos, talvez nem tomasse conhecimento, e até agradecesse se Valéria arrumasse outro homem. Agora, na posição de presidente do banco, do alto da montanha de onde tudo via e também podia ser visto, a solidão também se tornara mais aparente e incômoda. Foi nessa época que voltei a me aproximar do meu filho. O garoto gostava de ir à casa de meus pais nos fins de semana, e o novo jatinho que mandei comprar em nome do banco para uso dos executivos, a começar pelo CEO, tornava o passeio ao interior ainda mais legal.

O sonho do aviãozinho próprio e as ausências não justificadas nos dias dos shows de João Gilberto foram as únicas excentricidades durante o curtíssimo tempo em que comandei o BIG BANG. No mais, aprofundei as práticas de sustentabilidade que os holandeses tanto prezavam e implementei um rigoroso controle da ficha corrida dos nossos clientes, com o objetivo de evitar qualquer respingo na boa reputação que tentávamos construir no mercado. O que não me impediu de arregaçar as mangas e comandar pessoalmente uma última mega-abertura de capital na Bolsa, em pleno furacão da crise, de uma empresa de petróleo que pertencia a um milionário excêntrico e não havia furado sequer um poço. Ainda hoje guardo comigo as apresentações em PowerPoint com as belas animações preparadas para entreter os investidores.

Fomos um dos poucos a tomar coragem e enfrentar as águas turvas do mercado naqueles tempos. Os concorrentes estrangeiros estavam mais preocupados em apagar os graves incêndios internos do que em ganhar dinheiro. E, entre os locais, não havia ninguém com ousadia o bastante. Nem mesmo nós. Na verdade, só decidimos arriscar e levar adiante a oferta de ações porque os preços do petróleo estavam em um patamar tão absurdo que a simples menção ao óleo, ainda que em uma tela de computador, era suficiente para atrair otários dispostos a arriscar parte do patrimônio enquanto o mundo financeiro estava à beira de um colapso. Havia ainda toda a baboseira sobre as descobertas de petróleo na camada pré-sal, que ninguém sabia direito onde ficava, mas na dúvida era melhor não ficar de fora.

A publicação do meu perfil no *Jornal Econômico* rendeu burburinhos nos corredores do banco e entre clientes durante alguns dias, até ser esquecida por completo. Por melhor que fosse, eu podia ser considerado no máximo um executivo precoce, nunca um banqueiro de verdade. Os olhares de todos continuavam atentos aos passos de Bernardo. Uma longa entrevista dele à mesma Bianca, publicada uma semana depois, obteve muito mais repercussão que o perfil do executivo que o sucedera no comando do banco. Ele não confirmou nem negou que tentou tomar o controle do BANG e creditou a saída a divergências internas que o levaram a correr atrás de novas oportunidades.

Essas oportunidades não podiam estar relacionadas à área bancária. O contrato assinado na época da venda do BIG impedia qualquer um de nós de concorrer com os novos donos por um período de pelo menos cinco anos. Com alguns bilhões na conta, Bernardo não precisava trabalhar em banco nem em nenhum outro lugar se não quisesse, mas explicou na entrevista que não achava certo se aposentar tão jovem. O objetivo dele era produzir algo, ajudar o país e, por que não, ganhar mais dinheiro, que para ele era tão somente uma forma de crescer e poder produzir ainda mais. A saída foi abrir uma gestora para cuidar da própria fortuna e de terceiros. A lenda sobre a nova empreitada começou no nome da empresa. A sigla "GER", que oficialmente significava "Gestão e Resultado", deu origem a diversas corruptelas, como "Get Rich", para os que apostavam na recuperação da lenda das finanças, ou "Gato e Rato", nas rodas de brincadeiras dos detratores.

Nas semanas seguintes, ele voltou a chamar a atenção depois de fazer uma série de aquisições de empresas, de redes de farmácias a terminais portuários. Enquanto a maior parte dos investidores fugia de medo da crise, ele tomava o sentido contrário. A estratégia atraiu vários investidores ao redor do mundo com apetite suicida pelo risco, inclusive os talibãs que o abandonaram quando o plano de conquista do BANG foi revelado.

Com a promessa de riqueza aos fiéis que o seguissem, alguns de meus melhores executivos decidiram engrossar as fileiras do inimigo. A versão holandesa do paraíso não seduzia mais aqueles profissionais acostumados a lidar com uma pressão no limite do insuportável. Ao mesmo tempo, todo aquele discurso de "fazer o bem" não parecia de forma alguma compatível com a atividade de um banqueiro, pelo menos não do jeito que aprendemos na escola de Bernardo. Um dos meus esforços no curto período em que estive à frente do banco foi o de manter o moral das tropas. A equipe de mercado de capitais, a artilharia aérea responsável por grande fatia dos lucros no período de euforia, se manteve no chão depois do IPO da petroleira virtual.

Conforme as condições de voo pioravam e o apetite por ações azedava, não havia outra opção além de abortar os planos das empresas que pretendiam abrir o capital. Algo que provavelmente ocorreria com ou sem crise. Os investidores que acreditaram em nós e compraram as ações das novatas que levamos ao mercado perderam dinheiro em quase todos os casos. No auge da ganância, mesmo as boas empresas foram vendidas por preços altos demais. Foi de olho nelas que Bernardo lançou um ataque sobre meus executivos mais eficientes, e nem sempre os mais éticos. De brinde, levou esse cardápio de empresas sedentas por recursos e boas ações para se comprar pelo preço certo.

Na madrugada de segunda-feira em que soube do colapso do Lehman Brothers, um estranho banco que sobrevivera por mais de cem anos arrumando maneiras diferentes de forjar dinheiro, pilotado por várias gerações de alquimistas travestidos de banqueiros, o nosso BIG BANG já era uma instituição enfraquecida. À mercê de uma matriz lenta e com um corpo de executivos inseguros, a começar pelo CEO, caminhávamos às cegas guiados pela grande mesa da tesouraria. Não posso dizer que era uma direção segura.

Na manhã que se seguiu à reunião na qual traçamos nossa estratégia para fugir ao bombardeio que inevitavelmente viria, as projeções mais pessimistas se revelaram. Com os olhos grudados na tela do terminal de cotações, e depois no telão posicionado à frente da mesa de operações, acompanhávamos os gráficos em uma queda quase vertical. Ao que parecia, todos tiveram a brilhante ideia de bater em retirada. Não demorou até que os primeiros clientes, gente endinheirada e ciosa de seu patrimônio, nos procurassem em busca de explicações para o que acontecia, e, principalmente, para saber como faríamos para sair da turbulência. Os gráficos na tela, porém, não mentiam. Não se tratava de uma mera turbulência, mas de uma explosão de turbina. E, nessas condições, recomenda-se como nunca a condução de um piloto experiente, algo que não tínhamos à disposição. A tesouraria era o habitat natural de Bernardo, não o meu. O máximo que podia fazer era fingir entender algo sobre a oscilação neurótica dos mercados e dar instruções gerais, deixando o comando das mesas a cargo dos operadores, que fingiam me obedecer.

Nas semanas seguintes, a situação se deteriorou mais. A derrocada do Lehman provocou um impacto equivalente a uma parada cardíaca no sistema financeiro global. Sem uma noção clara sobre a quantidade e o potencial de estrago de títulos imobiliários podres que cada banco carregava, o dinheiro parou de fluir. Na lista dos favoritos a quebrar, aparecia sempre o nosso BANG. Algum executivo "do bem" na Holanda achou "por bem" entupir o balanço com créditos de devedores da pior qualidade, na esperança de fazer "o bem" ao estimular gente pobre a comprar imóveis que não tinha como pagar. Se os rumores estivessem certos, o banco não escaparia sem um socorro do governo holandês. Em maior ou menor escala, todo o sistema financeiro passou o pires em busca de algum trocado dos cofres dos contribuintes. Assustados com as reações apocalípticas à ruína do Lehman Brothers, os políticos se dispuseram a fazer de tudo para ajudar os gênios do mercado financeiro que conduziram o mundo à crise.

Antes de nos proteger, a estratégia de associação a um gigante internacional revelou-se um grande fiasco. Na dúvida sobre a saúde financeira de nossa matriz, enfrentamos uma corrida por saques. Como os gestores precisavam zerar as posições no mercado a qualquer preço e fazer dinheiro para honrar os resgates, o desempenho dos nossos fundos foi para o vinagre, o que retroalimentava as especulações. Os prejuízos também sangravam o meu patrimônio, que estava todo no banco e não podia ser retirado, conforme o contrato de venda costurado por Bernardo. Na ciranda macabra do mercado financeiro, metade da minha fortuna virou pó em alguns meses.

Quanto mais perdíamos recursos, mais éramos cobrados por Amsterdã, que abandonara definitivamente o discurso civilizado em troca do bom e velho método ibérico de colonização, como se a culpa pelo nosso fracasso não tivesse nenhuma relação com eles. Para atender aos crescentes questionamentos da matriz, precisei mudar a rotina e chegar ao banco às quatro da manhã e só sair depois das sete da noite, com o fechamento das bolsas em Nova York. Isso quando não era despertado durante as cinco horas de sono diárias.

Passava das onze da noite e eu babava no sofá em frente à TV ligada na Bloomberg quando o telefone vermelho tornou a soar. A voz falava um português claro, exceto pela tentativa de explicação da mais nova tragédia que acabara de nos abater.

— Temos um problema com as posições da tesouraria — disse o homem que tardei a reconhecer como o chefe da área de riscos, alguém a quem mal dirigia a palavra.

— E o que isso quer dizer? — falei.

— É melhor você vir aqui no banco — recomendou.

Como ainda estava trajado com o uniforme de trabalho, a camisa social apenas um pouco amassada do contato com o sofá, peguei o carro e, acompanhado da escolta de seguranças que me guardavam vinte e quatro horas, cheguei em poucos minutos ao prédio comercial na Faria Lima onde ficava a sede do banco. As luzes acesas da janela que calculei ser do décimo quinto andar apontavam o caminho para onde eu deveria me dirigir. Uma comitiva de dois funcionários, um deles o homem que me abordara ao telefone, me aguardava no estacionamento.

— Vamos direto ao ponto — eu falei, enquanto entregava as chaves do carro ao manobrista, acostumado a lidar com os nossos horários. As reuniões e emergências fora do horário de expediente eram tão frequentes que a rotina do lugar mais se assemelhava à de um hospital. — De quanto foi o prejuízo? — perguntei.

Os dois se entreolharam ao perceberem que o longo discurso ensaiado como preâmbulo para a má notícia que viria a seguir não seria necessário. Eu sabia que não havia outra razão para me incomodarem àquela hora.

— Ainda não tivemos tempo de checar todas as operações, que dependem de uma série de variáveis que ainda estamos avaliando. Mas se tivéssemos que zerá-las agora, o custo seria de uns duzentos milhões, talvez mais — falou o garoto que acompanhava o chefe da área de riscos, o qual reconheci da última turma de trainees formada pelo banco. Ele tinha lágrimas nos olhos e falava das perdas que tivemos em transações financeiras como a morte de alguém da família.

Assim que ouvi o saldo das perdas prováveis que enfrentaríamos, encarei o chefe do rapaz. Eu não conhecia a fundo a política de riscos do banco, mas tinha certeza que de forma alguma poderíamos estar tão expostos.

— Fomos vítimas de uma fraude — ele se apressou em dizer. — Os sistemas do banco contabilizavam falsas operações de proteção às posições cambiais, por isso a área de riscos não conseguia detectar.

— E como vocês descobriram? — questionei, enquanto entrávamos no elevador até a sala onde faríamos o reconhecimento dos corpos.

— Foi o trainee quem desconfiou ao ver que a tesouraria aumentou de forma brusca a posição comprada em dólar, o que costuma se caracterizar como uma tentativa meio amadora de tentar reverter uma grande cagada — disse o chefe, sem medir as palavras. Nem era necessário, pois enquanto ele relatava os acontecimentos, eu esmurrava as paredes do elevador e xingava os piores palavrões que a minha mente podia conceber.

Para compreender melhor esse diálogo, é preciso um pouco de contexto. Desde a disparada de seis anos antes, quando o mercado financeiro ainda acreditava que o futuro presidente do Brasil seria uma (re)encarnação do anticristo, até a quebra do banco Lehman Brothers, o dólar não parava de perder valor diante da nossa moeda. Os motivos desse fenômeno e suas consequências são tantos e tão controversos que não vale a pena nem começar a discutir o assunto. Basta dizer que todo o pano de fundo pode ser resumido da mesma forma que a bolha imobiliária americana. Havia dinheiro demais em circulação no mundo inteiro e uma parte importante dele veio parar aqui. Com muita gente oferecendo dólares em troca de reais para investir, fosse na compra de uma empresa ou no investimento em ações na Bolsa, a moeda americana despencou. Ao perceber esse movimento, tesourarias de bancos como o BIG decidiram apostar mais dinheiro na queda do dólar, o que afundava ainda mais a moeda gringa.

Foi assim que operadores como Hugo fizeram muito dinheiro para o banco nos anos que se passaram. Bernardo tanto sabia que o esforço de meu colega de faculdade era mínimo – bastava fechar os olhos e tentar vender o máximo de dólares que pudesse – que nunca valorizou aquele trabalho. Havia uma conhecida repulsa do ambiente tenso das mesas de operação a quem não demonstrasse níveis elevados de testosterona, mas para Bernardo o dinheiro falava mais alto do que qualquer preconceito. O raciocínio dos holandeses foi o oposto, ao colocar acima do mérito o preconceito sofrido por Hugo. A descrição dos atos cometidos pelo operador desonesto não deixavam dúvidas. Somente Hugo saberia como burlar os sistemas de controle usados pela área de retaguarda.

Ao chegarmos à grande sala iluminada onde ficava a equipe de controle de riscos, um lugar onde pisei menos de três vezes em todo o meu tempo de banco, uma junta de especialistas da área nos aguardava, provavelmente com a resposta pronta caso eu questionasse se tinham certeza de que não houve nenhum equívoco. Fui recepcionado com um pequeno relatório de cinco páginas, com um resumo das operações não autorizadas feitas por Hugo Petruzzi. Traduzindo os números para um conjunto de palavras, ele basicamente começou a vender dólares sem a proteção que limitava as perdas, e assim ampliava os ganhos com a transação. Para os sistemas do banco, porém, todas as operações apareciam como garantidas, graças a um ajuste nos registros que ele mesmo fazia, com uma senha herdada do período no exílio profissional imposto por Bernardo. Enquanto as apostas de queda do dólar se mantiveram certeiras, os ganhos dele sempre se destacaram dos demais.

A festa do dólar barato e abundante no mundo só teve fim após a falência do Lehman. E foi um fim tão abrupto que abateu muita gente graúda em pleno voo. O prejuízo das posições desprotegidas de Hugo logo no primeiro dia já era grande o suficiente para lhe custar o emprego. Por isso, em vez de zerar os negócios como foi decidido na reunião daquela manhã, ele resolveu ampliar a venda de dólares, na esperança de a moeda voltar a cair a ponto de reverter as perdas. Mas o dólar não apenas não caiu como registrou a maior valorização desde a turbulenta era pré-Lula. Ao perceber a encrenca monumental na qual se metera, nos últimos dias tentou fazer o caminho inverso e comprar o máximo de dólares que podia, em uma tentativa desesperada de reverter ao menos parte do estrago. O movimento brusco da tesouraria do banco chamou a atenção da Bolsa, que questionou a nossa área de risco. A rápida investigação interna foi concluída com o telefonema para minha casa.

— Devemos avisar Amsterdã? — questionou-me o chefe da área de riscos.

— Ainda não. Primeiro preciso falar com o Hugo.

Não havia o que falar. Pelo que a auditoria constatou, os registros das posições cambiais começaram a ser falsificados logo que ele foi transferido de volta para a linha de frente. Bernardo ainda estava no banco, e não duvido que no início meu amigo desejasse somente chamar a atenção. Na cabeça dele, daria tempo para voltar atrás e equilibrar as perdas em algum momento. Hugo era muito mais talentoso e esforçado do que eu, e só a falta de sorte – e talvez até um pouquinho de preconceito, mesmo – explicava o fato de ter sido preterido no banco enquanto eu subia na hierarquia a ponto de tomar o lugar do chefe. Em maior ou menor grau, todos jogávamos sujo. Se Hugo fraudava sistemas, Bernardo tinha seus próprios truques.

Há uma lição básica que aprendemos assim que entramos no mundinho do mercado financeiro: não é possível acertar com precisão o tempo certo de comprar ou vender. Quem tenta ganhar dinheiro unicamente dessa forma não costuma se dar bem. O negócio é agir conforme a convicção e arcar com as consequências. Hugo cometeu esse erro e, de certa forma, eu também ao não informar logo o quartel-general do banco sobre as perdas. Minha ideia era ter uma visão mais clara sobre os fatos e ao menos um rascunho de um plano de emergência para apresentar aos holandeses. Com muito trabalho e cortes profundos de custos, talvez a venda de alguma unidade menos estratégica, seria possível manter o banco de pé.

Ao tentar ganhar tempo, eu apenas aumentava as chances de a situação, já fora de controle, ficar insustentável. Como não prever a possibilidade de a notícia vazar e parar na primeira página do *Jornal Econômico*? A matéria da repórter Bianca Siqueira que surgiu na minha mesa na madrugada seguinte à descoberta do rombo era imprecisa e em alguns momentos equivocada, mas foi por ela que meus superiores se informaram sobre os acontecimentos recentes. A mesma Bianca que fora responsável por minha ascensão à presidência do banco me derrubaria do cargo. Sem raciocinar depois de uma sequência de vinte e quatro horas ininterruptas de trabalho, apanhei meu iPhone e disquei para ela, sem me importar com a hora.

— Você me traiu, sua filha da puta — eu disse, tão logo escutei um sussurro do outro lado da linha.

— Rodrigo, por favor.

— Você tem ideia da gravidade do que fez ao publicar essa história?

— Esse é o meu trabalho — ela disse, com a voz nauseada, sem dar muita bola para o meu desespero.

— Por que não me procurou antes?

— Eu escrevi que a cúpula do banco não sabia da fraude, você não leu? Além disso, procurei a assessoria de imprensa.

Ao que parece, a comédia de erros ganhou mais um elemento. Em vez de perder algum tempo e checar a informação internamente, a empresa contratada para lidar, ou melhor, nos manter o mais longe possível dos jornalistas, seguiu a receita padrão e informou de pronto que não comentaríamos o assunto.

— Anda, só quero saber como você descobriu.

— Sei lá. Havia uns rumores no mercado...

— Mentira, as perdas nem foram calculadas ainda! Foi o Bernardo, não é? Eu sei que ele tem vários informantes aqui dentro.

— Rodrigo, você ganha muito bem pra passar as noites em claro, mas eu não. Não foi nada pessoal, entenda.

— Mas pensei que tivéssemos algo a mais. Eu sou só mais uma fonte pra você, não é?

— Eu não tenho compromisso com você, nunca tive. Ignorar uma informação como essa, partindo de fontes confiáveis, só porque prejudica você é que seria uma tremenda falta de ética, e não o contrário.

Se os meios de Bianca eram questionáveis, não havia como contestar os resultados. Antes do fim da manhã em que a reportagem foi veiculada, o BIG BANG se viu obrigado a divulgar uma nota em que confirmava um prejuízo potencial de duzentos e trinta e cinco milhões com operações não autorizadas realizadas por um único profissional da tesouraria, imediatamente afastado. O mesmo comunicado explicava que só as posições proprietárias, com dinheiro do banco, foram afetadas, e que os recursos dos clientes não estavam ameaçados. Por fim, uma sindicância conjunta com a Bolsa e os órgãos de regulação apontaria os responsáveis pela falha e julgaria as punições cabíveis.

Culpar Hugo por todos os problemas seria de uma covardia imensa. Mas na hora da luta pela sobrevivência, as boas práticas corporativas eram um detalhe sem muita importância. Meu amigo não tornou a aparecer no banco. Todas as vezes em que tentamos falar com ele quem nos respondia era um advogado. Não demorou até aparecer um processo contra nós por danos morais, materiais e discriminação no ambiente de trabalho, uma facada nas costas dos puritanos holandeses.

Fui encontrá-lo anos depois, em uma festa de veteranos da Poli. Tinha um aspecto envelhecido, amargurado talvez, sob um verniz de quem possuía o controle da situação. Poucos ali sabiam que ele fora condenado a não exercer nenhuma função no mercado financeiro por um período de cinco anos e a pagar uma multa milionária, que nem de longe cobria o rombo. Tive vontade de me aproximar e puxar conversa como quem não quer nada. Cheguei a dar alguns passos na direção dele, e só me detive quando me lembrei de que jamais fomos realmente próximos e que nada devíamos um para o outro.

17
na baixa do sapateiro

São Paulo, março de 2009
Saldo: R$ 21,00

A sala era pequena e sem janelas, com espaço somente para um conjunto de mesa e cadeira. Quando fechada, as quatro paredes brancas isolavam os barulhos exteriores, exceto pela descarga do banheiro ao lado.

— Você vai ficar aqui — disse Bernardo, ao me conduzir ao novo local de trabalho.

— O que eu vou fazer? Não tem nem um computador aqui.

— Eu vou pensar em algo. Sempre posso precisar de alguém em quem jogar a culpa.

Foi com grande alarde que Bernardo e sua gestora GER anunciaram um acordo para recomprar as operações vendidas para o BANG, por metade do preço de um ano antes. A notícia fora publicada com um alarde calculado, como são todos os seus passos. Foram concedidas entrevistas individuais ao *Jornal Econômico* e à *Revista Financeira*, as duas principais publicações voltadas a negócios. Bianca Siqueira dedicou uma página inteira do jornal, e uma foto de Bernardo sentado à mesa ocupada por mim nos últimos seis meses, à entrevista do tipo perguntas e respostas, ou "pingue-pongue", no jargão jornalístico. A reportagem também relembrava o prejuízo provocado pelo operador Hugo Petruzzi e a derrocada dos holandeses no exterior.

A barbeiragem na tesouraria nos feriu tanto pelas perdas com as operações não autorizadas como pelo estrago da reportagem que denunciou a fraude. Enquanto tentávamos manter o *Titanic* navegando após a colisão com o iceberg, precisamos atender a uma onda violenta de pedidos de saque dos fundos sob a nossa gestão.

— Fomos vítimas de um ato ilícito, mas que em nada afetou os recursos aplicados pelos clientes — eu disse a um cliente milionário quando tentei convencê-lo pessoalmente a manter os recursos conosco.

— Se vocês foram capazes de uma imprudência dessas com o próprio dinheiro, o que não devem fazer com o meu? — questionou-me. Ele nada entendia de finanças, mas provou ter um instinto de preservação de patrimônio mais aguçado que a grande maioria de meus executivos.

Eu tinha a convicção de que nossas perdas eram contornáveis. Tudo o que precisava para reconquistar a nossa credibilidade era uma demonstração de compromisso de Amsterdã com seus índios catequizados. Em linguagem financeira, compromisso tinha uma única tradução: dinheiro. Uma injeção de recursos para cobrir pelo menos parte dos prejuízos e um corte severo de custos podiam nos colocar de novo nos eixos. Mas os holandeses, com razão, não queriam saber de pôr mais dinheiro e, se o fizessem, jamais o confiariam a mim, depois de ter ocultado as trambicagens da tesouraria. A minha permanência como presidente do BIG BANG só provava o descaso com que tratavam a até então queridinha unidade brasileira.

Não que houvesse muito dinheiro sobrando na matriz. Os problemas do BANG no exterior contribuíam para aumentar a desconfiança dos clientes sobre a nossa saúde financeira. Os rumores contra o banco, que diminuíram após a revelação do plano de dominação de Bernardo, voltaram diante do cenário apocalíptico que se tornou o mercado depois da quebra do Lehman. Talvez por falta de algo melhor a fazer, um analista resolveu fazer as contas e concluiu que, se o BANG fosse fatiado em vários pedaços e vendido, valeria três vezes mais que a soma das partes. A conclusão do analista era que a filosofia "paz e amor" dos holandeses rendeu poucos frutos nos anos de euforia do mercado e não serviu para evitar maiores estragos durante a crise. Era como se o banco tivesse se comportado como a formiga durante o verão e, mesmo assim, se visse sem suprimentos para enfrentar o inverno, como a cigarra.

Um estudo do tipo teria pouco apelo em outros tempos, mas para quem via o preço de suas ações rapidamente ir à lona, qualquer solução valia. Não demorou até os acionistas do BANG pressionarem o conselho a avaliar uma alternativa para extrair algum valor daquela estrutura combalida. E juntar a fome com um apetite insaciável para enriquecer era a especialidade de Bernardo Figueira. Não tardou até uma proposta conjunta de três interessados chegar à mesa dos holandeses, cada um com interesse em unidades diferentes do banco. Ao GER coube a desmoralizada filial brasileira, enquanto outras duas aves de rapina se fartaram com as semifalidas operações nos Estados Unidos e na Europa. Após a conclusão do negócio, o BANG sumiria do mapa internacional das finanças.

Empreendi uma campanha para impedir o negócio, mais por instinto de preservação do que por senso de justiça com algo que me parecia errado. Ao primeiro rumor de que Bernardo voltara a nos rondar como um urubu à espera do momento inevitável, repeti a estratégia de vazar a informação para a imprensa.

— Pensei que tivesse desistido de mim — disse Bianca. Ela me aguardava recostada na cama do motel onde amantes se escondiam durante a insuspeita hora do almoço e zapeava pelos canais pornográficos da TV. Era possível sentir a tensão no pequeno relevo formado nos lábios grossos contraídos. Por um momento, deteve-se em uma cena que mostrava duas mulheres com próteses de silicone por todos os lados se esfregando em uma cama não muito diferente da de onde ela estava.

— Ser o presidente de um banco dá certo trabalho — falei, desviando os olhos da TV para ela.

— Mesmo quando esse banco está quebrado? — ela disse, com um sorriso. Em seguida, deitou-se na cama e desligou o aparelho.

— Você tem mesmo muita coragem de vir me encontrar aqui e ainda fazer graça.

— Não vamos recomeçar com essa história, Rodrigo. Quando você entrou nessa relação sabia que seria na alegria e na tristeza. Você é quem me deve desculpas, pelo atraso e pelo sumiço.

— As últimas semanas foram um inferno, como você deve imaginar. Os últimos anos também — eu falei.

— Bem, talvez sejam as últimas semanas mesmo, se o seu ex-chefe retomar o controle do banco.

— Então você já sabe?

— Você achava mesmo que ia me contar uma grande novidade? — ela riu, deixando as costas escorregarem pela cabeceira acolchoada da cama até ficar completamente deitada. — A matéria sai amanhã, querido.

— Bom, por que você veio me encontrar, então?

— Eu podia encarar como uma ofensa o fato de você achar que só venho em busca de informação, mas prefiro pensar que é muita falta de amor-próprio da sua parte. Agora vem aqui — ela disse, puxando-me pela gravata para a cama.

A reportagem do *Jornal Econômico* publicada na manhã seguinte ao nosso encontro foi confirmada dias depois pelos envolvidos. A volta de Bernardo podia não ser boa para mim, mas ao menos ajudou a apaziguar os ânimos e a recuperar a confiança dos clientes. Depois do estardalhaço e de todo o drama que naturalmente carregava a reconquista do poder, passamos por uma transição rápida e tranquila. A maneira fria, porém cordial, como ele me tratou até o dia em que me apresentou à nova sala era no mínimo surpreendente, a ponto de me fazer abandonar a postura defensiva. Cheguei a ter a esperança de um dia chegarmos a uma reconciliação.

— E então, o que achou? — Bernardo me perguntou.

— Não sei o que pensar, nunca tive uma sala própria no banco, pensei que fosse contra a sua filosofia de trabalho — falei.

— Quero saber o que você achou dos shows do João Gilberto.

Era a primeira vez desde que retomamos o contato, obrigados pelas circunstâncias, que tocávamos em um assunto não relacionado à transição no banco. Pensei um pouco antes de dar meu veredito:

— Bem, quando penso em tudo o que passei aqui, antes e depois das horas em que estive em frente ao palco, só consigo concluir que valeu a pena.

— Eu sabia, e devo dizer que você mereceu. Por melhores que formos nesse negócio, é o máximo que poderemos alcançar: a primeira fila. Podemos ter dinheiro e poder, mas nunca vamos subir ao palco. Você me fez entender isso naquela noite, Rodrigo.

— Eu só fiz o que achava certo — tentei me desculpar.

— De nada adianta fazer o certo. Não se você estiver do lado de cá do palco e quiser se manter na primeira fila.

Bernardo fechou a porta e me abandonou no cubículo. Isolado dos demais, como um paciente em quarentena, pude acompanhar de uma posição bem pouco privilegiada as movimentações que se seguiram ao retorno da antiga administração. A primeira providência foi rebatizar o banco, que passou a se chamar BIGGER, sigla para *Banco Internacional Global, Gestão e Resultado*. Mas nos corredores e, em especial, no banheiro ao lado a explicação que davam para o novo termo era *Bernardo is Genius and Get Richer*. Seja como fosse, o objetivo era apagar qualquer marca do passado. O único vestígio do meu curto período à frente do banco foi a promoção do estagiário que descobriu a fraude praticada por Hugo. No mais, quase todos os antigos sócios do finado BIG na época da venda para os holandeses receberam uma proposta de permanecer no banco, com participações menores, ou receber a sua parte em dinheiro. A maioria optou por cair fora, o que fez de Bernardo um sócio com poderes despóticos. Quando digo quase todos, foi porque a mim não foi dada opção alguma.

No mesmo dia em que fui encerrado na sala vazia, um advogado chegou com uma pilha de papéis para eu assinar. Um dos documentos dizia, em resumo, que eu aceitava converter a dívida que tinha a receber dos holandeses por ações do novo banco de Bernardo. Estava disposto a recusar e a brigar pelos meus direitos. Até ler outro papel, que trazia o rascunho de um processo que seria movido contra mim pelas fraudes cometidas debaixo do meu nariz. Os termos da conversão foram bem desfavoráveis e, em conjunto com outras manobras societárias, me fizeram sair com menos de meio por cento do capital do BIGGER. Em seguida, Bernardo aprovou uma bonificação em ações para todos os sócios, menos um, o que diluiu ainda mais a minha participação. Por fim, ele me fez assinar um contrato de trabalho, que me vinculava ao banco, pelo valor simbólico de um salário mínimo.

Durante os meses seguintes, tudo o que ganhei no banco veio desse contracheque. Pela primeira vez, comecei a bater ponto e fui obrigado a permanecer oito horas por dia em minha sala, à espera de que me dessem algo para fazer. E como todo o meu patrimônio era formado por ações do banco, que só podiam ser vendidas a Bernardo, passei a viver a inusitada situação de ser um milionário que não tinha dinheiro nem para encher o tanque do próprio carro. Os automóveis importados, aliás, foram os primeiros itens dos quais me livrei na tentativa de sustentar meu padrão de vida. A BMW amarela, boa e velha beberrona de combustível, ficou na garagem por falta de comprador. Mais difícil era abrir mão de alguns pequenos luxos cativados nos últimos anos, como vinhos, relógios, roupas e assessórios de marca, sem falar nas bugigangas tecnológicas. Quis o destino que eu começasse a aproveitar mais das regalias que o dinheiro traz quando já não o tinha mais para gastar.

— Está tudo bem com você? — perguntou-me Valéria, quando fui buscar nosso filho para um passeio no fim de semana, dentro da cota estabelecida no acordo de separação e que me esforçava em cumprir.

— Claro. Aquela loucura de sempre no banco, você sabe — enrolei.

— Pensei que Bernardo fosse mandar você embora, depois da briga que vocês tiveram.

— Nós não brigamos. Tivemos diferenças na visão de negócios.

— Estou preocupada com você — ela disse.

— Eu já disse que está tudo bem, estou até trabalhando menos e cumprindo horário.

— Não queria tocar no assunto. Mas há dois meses você deixou de depositar o dinheiro da pensão.

Não havia cobrança no olhar de Valéria. Ela devia estar mesmo preocupada. Se havia algo que ela talvez jamais esperasse era que um dia eu pudesse ter algum tipo de problema com dinheiro. Do meu lado, foi difícil esconder a vergonha e manter o discurso de homem bem-sucedido para a ex-mulher.

— Vou falar com a minha secretária, ele deve ter se esquecido — tentei justificar.

— Já falei com a Sônia. Ela me disse que não trabalha mais pra você.

— Sim... é verdade. Tenho uma nova secretária agora, você não conhece. Quer dizer, vou pedir para ela, a nova secretária, não a Sônia, fazer o depósito ainda hoje.

— Não tem pressa, vá brincar com o seu filho. Você resolve isso durante a semana.

No começo, achei compreensível o castigo de Bernardo pelo que considerava uma traição. Eu podia passar dias inteiros sem ver ninguém no banco. Quando me arriscava a sair e dar um passeio pelas mesas de operação, as pessoas me olhavam com ar de desconfiança. Algumas demonstravam até medo, como se estivessem diante de um... zumbi. Eu mesmo já não reconhecia a maioria dos rostos de moleques que passavam os dias de olho na tela de cotações e em conversas telefônicas e mensagens no computador, lidando com cifras que mais pareciam sair de filmes de ficção científica.

Aproveitei o tempo de ócio para me aprofundar nos livros. Baixei uma pequena biblioteca no leitor digital que comprei em uma de minhas viagens aos Estados Unidos e tentei não me incomodar com o exílio no escritório. Abandonei a leitura dos jornais e revistas para não ficar ainda mais irritado com os progressos de Bernardo. Enquanto era mantido no cárcere, minha participação era diluída pelos novos sócios que contribuíam para a expansão dos negócios de meu rival. Como era um dos poucos bancos dispostos e com dinheiro para emprestar a empresas enroladas no auge da crise, a juros nem um pouco camaradas, em pouco tempo o BIGGER tornou-se maior do que foi o próprio BIG anos antes. E, como bons agiotas, não se intimidaram a depenar o patrimônio e tomar o controle das companhias que ousassem não pagá-los. A crise também enterrou a bolha de ofertas de ações e colocou a unidade de mercado de capitais novamente no ostracismo. Bernardo achava que os tempos de bonança poderiam voltar e por isso decidiu manter parte da equipe, que de qualquer maneira seria penalizada na hora de receber o bônus daqueles anos magros.

Comparada à rotina massacrante dos anos anteriores, a nova realidade me afetava muito mais. Quando os clássicos da literatura não foram mais suficientes para me acalmar, tomei uma atitude impensada. Depois de amarrar meu paletó na cintura, na parte da frente, me dirigi à copa e tirei meia dúzia de cafés expressos. Em seguida, cruzei o grande salão onde ficam os operadores da tesouraria e invadi a sala de reunião onde Bernardo agrupava os principais executivos para traçar estratégias da guerra diária nos mercados.

De pé à frente de uma novíssima safra de jovens sedentos por conhecimento e riqueza, o chefe interrompeu a palestra, da qual participavam outros diretores em videoconferência nos escritórios de Londres e Nova York. Todos me admiravam num misto de silêncio e descrença enquanto servia um a um os participantes do encontro. Desconfiado, ele não chegou a tocar no café que deixei junto ao lugar onde estava.

— Você não precisava. Se o seu objetivo era me constranger, parabéns — disse Bernardo.

— Eu devia isso a você — falei.

— O que você acha, que tudo se resume a uma lição de moral, agora estamos quites e acabou?

— Quem disse que estamos quites? — eu falei, aumentando o tom. — Eu sei de tudo. Vocês nunca se encontraram.

— Enlouqueceu? Eu não sei do que você está falando.

Para alguém que sempre estava um ou mais passos à frente dos demais, foi divertido ver a expressão confusa de Bernardo.

— João Gilberto nunca quis o seu dinheiro, nem o de ninguém.

— Eu não menti pra você, não sobre isso — ele disse, tenso. — Eu posso provar.

— Você não tem como. Nunca teve. Vai iludir esses garotos com promessas, com o ideal de um dia ocuparem o seu lugar. Mas você nunca entrega os pontos. Só não esperava encontrar na sua frente uma muralha intransponível: João Gilberto.

Os jovens executivos observavam a conversa de loucos sem compreender nada, mas com a certeza de que presenciavam uma cena para repetir em mesas de bar.

— Me diga de uma vez: o que você quer?

— Me deixe servir os cafés, limpar os banheiros. Tudo o que quero é me sentir útil. Ou, então, me deixe ir embora.

— Você pode ir a hora que quiser. Você sabe o que fazer.

— Está certo, me mande uma proposta.

Pelo acordo de sociedade do banco, qualquer executivo que decidisse sair por conta própria precisava vender a participação para Bernardo, por um valor determinado por ele. Dias depois, um funcionário do departamento jurídico entrou em minha sala com os papéis de rescisão e a oferta por minha participação, que pelos meus cálculos devia valer uns dez milhões àquela altura. Se recebesse a metade, teria me dado por satisfeito, mas quando o advogado sacou o cheque nominal com dois zeros depois da vírgula e somente um grande número "um" isolado antes dela, imaginei se tratar de uma brincadeira.

Como Bernardo jamais brincava com dinheiro, logo concluí que não havia mais volta para nenhum de nós. Deixei a sede do banco pouco depois com os documentos debaixo do braço. Havia anos que não saía nas ruas em plena tarde, o sol chegou a me cegar por alguns instantes assim que cruzei a porta automática que dividia o ambiente frio do prédio comercial de altíssimo padrão. A região da Faria Lima desbravada por nós, do Itaim à Vila Olímpia, se tornara um enorme canteiro de obras, com novíssimos edifícios ainda mais sofisticados sendo erguidos. A crise financeira começava a dar sinais de enfraquecimento, e o Brasil seria um dos primeiros países a pôr a cabeça para fora da água. Bastava olhar ao redor para comprar o futuro que Bernardo via pela frente.

Endividado, sem emprego e sem família, eu não tinha do que reclamar. Ao contrário do homem que me apresentou ao dinheiro e à voz de João Gilberto, eu estava livre para observar a tarde do lado de fora do vidro do escritório e atravessar sem medo os dois quilômetros de distância até o apartamento do qual seria despejado semanas depois. Era a hora perfeita para um longo mergulho na piscina aquecida do deque.

parte III

princípios

18

aos pés da cruz

São Paulo, abril de 2012

Saldo: R$ 1.666.000,00

A queda foi lenta. A chuva de papéis coloridos picados, lançados no ar em volta do grupo de seres engravatados no púlpito que os separava dos demais mortais, pousava de forma graciosa no solo sagrado do antigo pregão da Bolsa de Valores.

A população que gravitava pela decadente região do centro da cidade naquela quinta-feira de abril sabia que o forte esquema de segurança montado próximo ao prédio da Bolsa era sinal de que gente importante estava do lado de dentro. Bernardo e toda a nova cúpula de executivos do BIGGER compareceram à cerimônia de abertura de capital. Profissionais de bancos concorrentes, corretoras, gestores de fundos de investimento, advogados e jornalistas, enfim, todos os seres da cadeia alimentar que povoavam o hermético ecossistema do mercado financeiro se acotovelavam no espaço destinado a eventos onde, no passado, os operadores compravam e vendiam ações no grito.

As festas matutinas que marcavam a estreia de ações se tornaram eventos raros depois do tsunami financeiro provocado pela crise. O evento daquela manhã contava ainda com outro elemento que o diferenciava dos demais. Depois de intermediar a abertura de capital de dezenas de empresas, era a vez de o próprio banco controlado por Bernardo Figueira vender ações a investidores e listá-las na Bolsa.

Nem preciso dizer que ele preparou com todo o cuidado o projeto de transformar o velho BIG em um banco de capital aberto. Como um bom profeta, não lhe interessava somente conquistar o maior número de fiéis, ele desejava perpetuar o legado. Enquanto todos lambiam as feridas ou se trancavam em casa com medo de perder dinheiro na crise, o BIGGER se lançou à selva suja da rua devorando quem lhe atravessasse o caminho. Para acelerar o crescimento, não hesitou em se aliar a suspeitos de terrorismo, tráfico ou ligados a qualquer tipo de máfia, desde que lhe trouxessem o máximo de dinheiro. Como todo acordo com esse tipo de sócio, não importavam os meios, desde que houvesse resultados. Como a possibilidade de falha não estava prevista em contrato e lhe traria consequências nada agradáveis, Bernardo tratou logo de fazer um seguro.

Nessa época, as relações entre o bilionário gênio das finanças e integrantes do governo formado por outrora militantes de esquerda se estreitaram. A proximidade com o poder coincidiu com um período extraordinário de ganhos da tesouraria. Os operadores do banco passaram a acertar quase todos os movimentos de taxa de juros e de medidas que influenciavam as cotações do dólar e das bolsas. Rumores maldosos davam conta de que o dom de precognição de Bernardo vinha de uma linha direta com o Ministério da Fazenda. Outros diziam que o próprio ministro era um sócio oculto do banco.

As lendas sobre o banco se multiplicavam na velocidade com que a figura de Bernardo ganhava status para além do mundinho do mercado financeiro. A figura do ainda jovem e misterioso bilionário era apontada como exemplo de inteligência e superação, típicas do novo Brasil que dá certo. O nome dele era sempre mencionado como um possível ministro. Alguns ousavam mais e o lançavam como candidato à Presidência da República. Como já não tinha mais o que provar no mundo financeiro, talvez estivesse na hora de contribuir de forma mais direta para o desenvolvimento do país, argumentavam os entusiastas da carreira política do banqueiro. Só mesmo quem não o conhecia para pensar que a abertura de capital do banco seria o fim da linha para Bernardo.

Cercado de gente todo o tempo, era impossível para qualquer estranho, ou conhecido inconveniente como eu, se aproximar dele. Nossos olhares se cruzaram várias vezes, como se ele desejasse saber de antemão meus movimentos antes de se deslocar pelo espaço. Em nenhum momento demonstrou algum tipo de incômodo com a minha presença, tampouco satisfação. Aparentava apenas uma curiosidade em me ver no meio do público formado por bajuladores e invejosos. Talvez tenha custado a me reconhecer com os cabelos desgrenhados e grisalhos precocemente, a barba e os óculos de aro preto grosso, um visual que mais lembrava um intelectual fracassado do que um outrora executivo financeiro de sucesso. Bernardo, ao contrário, não parecia ter mudado nada desde o dia em que o vira pela primeira vez, quase uma década antes.

Após torrar as últimas economias no extravagante banho de piscina rodeado de notas borbulhantes, e de recuperar uma pequena parte no acordo fora dos tribunais, destinei uma parte da indenização para uma conta no nome do meu filho e movimentada por Valéria. Era o suficiente para pagar os estudos até a faculdade e futuros programas de intercâmbio no exterior, caso pretendesse seguir os passos errantes do pai. Minha ex-mulher voltou a se casar e logo teve outro filho. Mesmo às voltas com duas crianças, concluiu o mestrado e estava prestes a reiniciar os estudos para se tornar uma doutora em letras. Por mais que me esforçasse em forjar um arrependimento por tê-la perdido, o máximo que consegui sentir por ela era admiração.

A longa e tão planejada viagem ao lado de Valéria se tornou um projeto solo. Com as finanças confortáveis após a indenização do BIG, dei início a uma expedição pelos países vizinhos ao estilo Che Guevara. Aderir ao método revolucionário de viagem não deixava de ser uma ironia para alguém que, até meses antes, ajudava a alimentar a engrenagem capitalista que o guerrilheiro tanto desprezava. Com uma mochila nas costas, cruzei o país de ônibus até chegar à Argentina, desci até a Patagônia e cruzei para o Chile. Depois de pouco mais de uma semana na estrada, o espírito aventureiro se rendeu. Assim que alcancei as primeiras vinícolas dos famosos vales do centro do país, troquei os albergues malcuidados por hotéis três-estrelas, com banheiro privativo, e comecei a acumular garrafas caras das melhores safras de Carménère do Vale do Colchágua. Como resultado, interrompi meu diário de motocicleta em Santiago e voltei a São Paulo. Na segunda parte da expedição, voei para a Europa, mas já decidido a não entrar em roubadas adolescentes. Como já conhecia boa parte do continente, me dirigi ao leste em busca de alguma emoção. Ao fim da segunda semana, contudo, voltei a me sentir entediado. Não pela viagem em si, mas por não ter com quem dividir a experiência quando voltasse. No banco, onde os momentos de folga eram raros, as viagens eram um acontecimento que precisava ser marcante a ponto de fazer inveja aos demais. Meu momento de maior frenesi foi quando me joguei em um voo em um sábado pela manhã e cruzei o oceano para assistir à final de Roland Garros. Logo eu que nunca fui fã de tênis. Agora, sem um objetivo em vista, a viagem parecia perder todo o sentido.

Claro que aquele era um sintoma de algo maior. Na verdade, o que me fazia falta era o ambiente do banco, a opressão que no meu organismo atuava como uma espécie de droga cuja abstinência ainda me deixava sequelas. Meu pai me sugeriu recomeçar do ponto onde me desviei no caminho.

— Já imaginou alguma vez o que teria acontecido se não tivesse entrado nesse mundo do mercado financeiro? Talvez estivesse construindo algo de verdade como engenheiro.

— Desculpe, pai, mas isso me soa tão clichê. Pode ter certeza que milhares de apartamentos construídos por aí não existiriam sem o dinheiro que ajudei a captar com investidores de todo o mundo.

— Mas você nunca terá a satisfação de entrar em um prédio que você construiu, já pensou nisso?

— Tem razão. Mas o poder que tive nas mãos foi tão maior e tão bem-recompensado que nada do que construísse, por mais sólido que fosse, poderia se igualar.

— Mas você saiu sem nada.

— Essa é a beleza do negócio, pai. O risco. Me diga o que posso fazer da vida que consiga repetir vagamente tudo o que passei nesses anos no mercado financeiro?

Meu pai nada disse, mas tive a impressão de que, pela primeira vez, conseguiu me compreender.

Para quem deixava o mercado, de forma intencional ou não, não restavam muitas alternativas. Ou a pessoa se afastava de uma vez e se isolava de qualquer contato com a civilização financeira, de preferência com alguns milhões acumulados na conta bancária, ou tornava a gravitar no meio. Como um viciado que foge do tratamento, sofri uma recaída e voltei à Cassinolândia. Meu primeiro trabalho foi como consultor para a corretora falida onde o velho Afonso Pitz, meu primeiro chefe no BIG, se tornou diretor depois de ser mandado embora do banco. Com a minha intermediação, promovi uma fusão com outra velha e ineficiente corretora, e o fiz perder o emprego pela segunda vez. Minha filosofia de gestão era simples: corte radical de custos e nada de funcionários de bigode.

Outros convites vieram em seguida. Atuei como consultor de uma série de empresas que sofreram perdas com a variação cambial durante a crise financeira. Bancos como o BIG ofereceram a essas companhias apostas com o dólar em contratos conhecidos como derivativos. Caso ganhassem, levavam o dobro do dinheiro, mas as perdas poderiam ser dez vezes maiores. Não é difícil imaginar o fim da história: as empresas estavam todas quebradas e me contrataram em busca de uma saída honrosa.

Era incrível como o meu passado de ex-sócio do BIG abria portas e funcionava como uma espécie de selo de qualidade. Poucos se lembravam da passagem desastrosa na presidência do banco e a briga com Bernardo tornou-se uma lenda que fortaleceu o meu nome no mercado, mesmo saindo derrotado. Outros colegas com quem trabalhei tinham reputação semelhante. Quase todos se cansaram de permanecer ao lado de Bernardo e partiram para voo solo, nenhum deles com grande brilho, é verdade. O único que teve um desempenho capaz de rivalizar com o antigo sócio foi Vendano. Sempre discreto, recrutou alguns dos melhores talentos, conhecidos do BIG e da concorrência, e montou uma bem-sucedida gestora de fundos. Ele me procurou quando decidiu expandir os negócios e criar um banco para competir de verdade com o amigo que, após anos de sociedade, o deixou de fora da venda bilionária para os holandeses.

— Não, obrigado — agradeci. — Acabei de pagar uma multa salgada pra me livrar de um processo no Banco Central e agora quero ficar longe desse negócio.

— Você tem a chance de fazer algo diferente desta vez, sem a intromissão de Bernardo ou dos holandeses.

— Esse é o problema. Eu não tenho a menor vontade de fazer algo diferente, muito menos repetir o que já fiz — falei.

Como uma forma de manter um mínimo de sanidade, não cheguei a ter nenhum emprego estável nos anos seguintes. Escrever este relato, cujo intuito de autoajuda não se mostrou lá muito eficiente, ocupou-me as muitas horas que, por um hábito arraigado da cultura de banqueiro, não conseguia tornar vagas. Se não enriqueci nem podia me dar ao luxo de parar de trabalhar, ao menos pude manter um padrão de vida estável, o que incluía um apartamento próprio, longe do esplendor da cobertura com piscina na Vila Nova Conceição, mas localizado em um metro quadrado cada vez mais disputado em Pinheiros.

Vendano tornava a me convidar todas as vezes em que nos encontrávamos, e não foi diferente quando nos trombamos na cerimônia de abertura de capital do BIGGER. Recebi outras propostas naquela manhã, de pessoas próximas e até de gente que nunca vira na vida, todos na expectativa de que, ao meu lado, pudessem reviver os tempos de fartura que marcaram a ascensão do banco.

A ocasião também era perfeita para me atualizar das principais fofocas do mercado. Não havia ninguém que não tivesse uma boa história, verdadeira ou não, para contar sobre Bernardo. Como um amador, era interessante ver como uma profissional da notícia agia em ocasiões como essa. Promovida a editora e colunista do *Jornal Econômico*, depois de alguns dos melhores furos jornalísticos do mundo financeiro dos últimos anos, alguns até patrocinados por mim, Bianca Siqueira desfilava entre os executivos, quase tão popular quanto o anfitrião do evento. Depois do rompimento com Bernardo e da saída do banco, passamos a nos ver com uma frequência cada vez menor até chegar a um ponto em que nos afastamos por completo. No fundo, talvez tenha sido o único a não ser sincero sobre as verdadeiras intenções de nossa conflituosa relação. De longe, conseguia distinguir apenas os lábios, os grossos lábios cobertos pelo mesmo batom vermelho escuro, a dançar enquanto tragava futuras fontes para seu redemoinho.

Como um sinal da importância que o banco ganhou nos últimos anos, um batalhão de repórteres se deslocou à Bolsa para acompanhar a cerimônia de abertura de capital. Embora pudesse se esquivar das perguntas sob o argumento de que não podia falar nada sobre a oferta de ações, Bernardo foi benevolente e aceitou conceder uma breve entrevista coletiva, na qual disse apenas platitudes. Afinal de contas, o dia era dele e ninguém haveria de cobrá-lo, nem a imprensa, pelas declarações genéricas, nem os órgãos reguladores, por alguma possível infração às regras do período de silêncio.

Bernardo tornou a falar quando foi chamado a subir ao púlpito, pouco antes do toque da campainha que marca o começo do pregão na Bolsa. Como todos os negócios eram feitos pelo computador, a maioria a quilômetros de onde nos encontrávamos e de onde certamente não nos ouviam, o gesto era inútil, mas com um inegável valor simbólico. As atenções, que durante todo o evento já eram dele, se concentraram de forma definitiva quando ele iniciou o discurso. Sem querer, ainda tenho cada trecho da fala memorizado, como se as palavras me tivessem sido ditas inúmeras vezes:

— Quem conhece o banco ou já teve a oportunidade de fazer negócios conosco, e alguns de vocês aqui presentes tiveram, sabe que nunca pensamos no banco como algo acabado. A beleza desse jogo é que ele sempre pode lhe reservar alguma surpresa. E acredito que o nosso sucesso é justamente fruto do entendimento de que não somos muito diferentes do que acontece ao nosso redor. Assim como o BIG, agora BIGGER, o Brasil é um país em construção, com tantas ou mais oportunidades de crescimento. Entendo que a comunidade financeira internacional e os demais investidores, quando decidiram se tornar nossos sócios, deram um voto de confiança não apenas no banco ou no mercado de capitais brasileiro como em todo um país. A mensagem que recebemos com a nossa oferta de ações, tão bem-sucedida mesmo depois de uma grande crise, foi positiva e reforçou a convicção de que o país está no caminho certo. Os desafios à frente são tão grandes quanto o nosso potencial, dimensões proporcionais a tudo que se refere ao Brasil. A capacidade de enxergar no longo prazo e tomar decisões estratégicas e inovadoras sempre foi o nosso forte, em várias áreas. Podem ter certeza de que usaremos toda a nossa capacidade a serviço do país e de nossos acionistas.

Bernardo foi interrompido por aplausos da claque, em um momento que parecia ser o encerramento do discurso. Ele surpreendeu a todos, porém, e retomou a palavra:

— Em um momento tão especial para o banco e, em particular, para mim, decidi compartilhar com vocês uma fonte de inspiração para todos os momentos, um símbolo do que é o Brasil e da excelência que podemos alcançar em tudo o que fazemos. Esse convidado de honra irá tocar para nós nesta manhã. Infelizmente, será apenas a campainha.

Ao que Bernardo terminou de falar, surgiu por trás de onde ele estava o vulto de um senhor de aspecto frágil. Tímido, precisou ser escoltado até o lugar onde o sócio do BIGGER o aguardava sem esconder uma emoção que jamais presenciei em todos os anos de convivência.

— Senhoras e senhores: João Gilberto.

A menção ao nome do criador da bossa nova foi acompanhada por uma longa sessão de aplausos, dessa vez muito mais sinceros, ainda que a comoção tenha sido muito mais provocada pela surpresa do que por uma manifestação espontânea de fãs da música do velho baiano. A obsessão do gênio bilionário pelo gênio musical era conhecida no mercado, tanto que várias pessoas tentavam usá-la para se aproximar dele, sem saber que essa missão era tão impossível quanto se aproximar do músico misantropo. Ele se postou ao lado de Bernardo e próximo de outros cinco sócios do banco que também subiram ao púlpito onde estava posicionada a campainha. Com dificuldade, João Gilberto se curvou e, ao lado dos executivos, apertou o dispositivo que acionou uma sirene estridente. Ao mesmo tempo, foi acionada uma máquina que disparou uma chuva de papéis picados sobre os ocupantes do palco. Em seguida, as caixas de som começaram a reproduzir, no volume máximo, os primeiros acordes de "Garota de Ipanema", na versão do ilustre convidado. Antes que qualquer um, inclusive eu, pudesse se aproximar, uma tropa de seguranças o cercou e o fez desaparecer da mesma forma como surgiu naquele ambiente totalmente estranho.

Jamais soube o quanto João ganhou pela aparição. Uma das lendas que correram foi a de que Bernardo entregou a ele um por cento do capital do banco. No dia da estreia das ações, o BIGGER era avaliado em quinze bilhões. Se João decidisse vender o fruto do cachê recebido pelo toque desafinado da campainha, certamente o pior som que já soou da batida de suas mãos em toda a vida, colocaria no bolso algo como cento e cinquenta milhões.

João, porém, não queria apenas o dinheiro. Havia algo mais que o movia, algo não muito diferente do que movia a mim e a Bernardo. No mundo financeiro, dinheiro era a única tradução possível para o nosso desejo de perfeição. E, quanto mais acumulávamos, mais longe ficávamos desse objetivo. Ainda assim, não havia outra escolha: ao deixar o pregão da Bolsa, embriagado por uma excitação que havia anos não sentia e um pouco atordoado pela confusão típica das ruas imundas do centro, tomei o celular nas mãos e ordenei a compra de todo o saldo da minha conta em ações do BIGGER.

agradecimentos

Os jogadores é uma obra de ficção inspirada em fatos reais, mas com personagens imaginários. As seguintes pessoas contribuíram com sugestões e memórias valiosas: Adriano Silva, João Paulo Pacífico, Juliana Mayrink, Marcelo d'Agosto, Marcelo Maziero, Roberto Angerami Martins e Rogério Godinho. Outras fontes, a quem igualmente agradeço, preferiram se manter *off the record*. Todos os equívocos e exageros, ficcionais ou não, devem ser creditados exclusivamente a mim.

músicas

"Águas de março", Tom Jobim; Verve/Polygram, 1973.

"Aos pés da cruz", Marino Pinto, Zé da Zilda (José Gonçalves); Odeon, 1959.

"Bim Bom", João Gilberto"; Odeon, 1959.

"Bolinha de papel", Geraldo Pereira; Odeon, 1961.

"Brigas Nunca Mais", Tom Jobim, Vinicius de Moraes; Odeon, 1959.

"Chega De Saudade", Tom Jobim, Vinicius de Moraes; Odeon, 1958.

"De conversa em conversa", Haroldo Barbosa, Lúcio Alves; Polygram/Philips, 1970.

"Desafinado", Newton Mendonça, Tom Jobim; Odeon, 1959.

"Estate", Bruno Brighetti, Bruno Martino; WEA, 1977.

"Garota de Ipanema", Tom Jobim, Vinicius de Moraes; WEA, 1985.

"Ho-Ba-La-La", João Gilberto; Odeon, 1959.

"Insensatez", Tom Jobim, Vinicius de Moraes; Odeon, 1961.

"Lobo bobo", Carlos Lyra, Ronaldo Bôscoli; Odeon, 1959.

"Maria ninguém", Carlos Lyra; Odeon, 1959.

"Na baixa do sapateiro", Ary Barroso; Verve/Polygram, 1973.

"O amor em paz", Tom Jobim, Vinicius de Moraes; Odeon, 1961.

"Saudade da Bahia", Dorival Caymmi; Odeon, 1961.

"Sem compromisso", Geraldo Pereira, Nelson Trigueiro; WEA, 1985.

"Um abraço no Bonfá", João Gilberto; Capitol/EMI, 1960.

"Valsa (Como são lindos os Youguis), João Gilberto; Verve/ Polygram, 1973.

Acreditamos
nos livros

Este livro foi composto em Fairfield LH 45
e impresso pela Geográfica para a Editora
Planeta do Brasil em maio de 2019.